보약과 상약

보약과 상약 (큰글씨책)

초판 1쇄 발행 2020년 5월 8일

지은이 김소희
펴낸이 권경옥
펴낸곳 해피북미디어
등록 2009년 9월 25일 제2017-000001호
주소 부산광역시 동래구 우장춘로68번길 22
전화 051-555-9684 | 팩스 051-507-7543
전자우편 bookskko@gmail.com

ISBN 978-89-98079-31-4 03810

＊책값은 뒤표지에 있습니다.
＊이 도서의 국립중앙도서관 출판예정도서목록(CIP)은 서지정보유통지원시스템
홈페이지(http://seoji.nl.go.kr)와 국가자료공동목록시스템(http://www.nl.go.kr/
kolisnet)에서 이용하실 수 있습니다.(CIP제어번호: CIP2020016876)

보약과 상약

김소희 지음

해피북미디어

생태수필집을 내면서

아침 기상과 바쁘게 달려가는 곳은 오랜 세월 함께해온 나의 텃밭이다.

밤새 안녕한지 또 얼마나 자랐는지 궁금함은 첫 상면의 대상이 된다. 언제나 한 가족 같고 자식 키우는 마음이다. 스스로 계절을 알아차리고 그에 맞는 작물을 키워내는 데서 생명의 동질성을 느낀다.

그래서 나는 우리 아그들이라 부른다. 자연의 질서와 주인의 정성을 저버리지 않음이 사람과 다르지 않기 때문이다. 나의 관심과 일기의 혜택을 넉넉히 받을 때면 거기에 준하는 보답을 하고 그렇지 않을 때는 나약해지는 걸 볼 수 있다.

생태적인 삶은 이처럼 사람의 정서순화에 기여하는 바가 큰 것이다. 생명의 소중함과 성장의 힘, 이 가르침이 모두 우리 아그들 덕분이다.

고맙다 아그들아! 너희들을 보면 항상 힘이 솟는단다.

2019년 9월
우리 아그들과 함께

차례

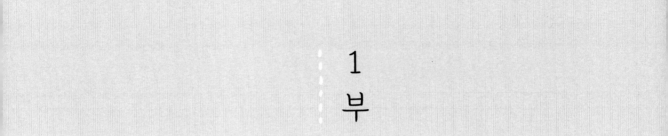

1
부

유채꽃을 타고

꽃 무리에 젖어본다.

아장아장 걷는 돌배기 아기가 되기도 하고 노랑 나라에서 온 공주라는 이름을 붙여도 본다. 꽃을 타고 세계 일주를 도는가 하면 한 점 티 없는 세상으로 떠나는 환상에도 젖어든다. 모든 근심 걱정은 망각의 강을 건너 버린 듯 화사하고 밝은 분위기가 주변을 감싼다. 지금껏 두려워했던 회색빛 환경은 하나의 기우일 뿐 샛노란 꽃을 타고 지구촌을 달릴 날이 멀지 않은 것 같다.

부산 을숙도 유채꽃밭을 온종일 걸었다. 꼭 제주도가 아니어도 봄이면 어디를 가나 쉽게 만날 수 있는 꽃이다. 여느 꽃인들 사람의 마음 순화에 기여하지 않을까마는 특히 유채꽃은 모든 생물의 기능을 회복 또는 유지시키는 데 큰 역할을 하고 있다. 그래서인지 더 정신이 맑아지는 것 같고 언젠가는 이 지상이 꽃향기로 가득 차리란 기대도 모아진다. 모든 생명을 살리는 주인으로서 한 시대를 낳을 수 있다는 예견도 만만치 않다.

바로 경유를 대신하는 친환경 에너지 '바이오디젤'을 생산하는 원료로 인기를 끌고 있다는 소문이다. 우선 경관적으로 아름다울 뿐만 아니라 재배하기도 쉽고 씨 중에 기름도 많이 나는 편이라 디젤로서는 으뜸이라는 결론을 내리고 있다. 또 노란 꽃들이 대기 중 탄화수소류와 황산가스를 흡수하여 지구 온실가스를 줄이는 장점도 크게 가지고 있단다. 짜고 난 유박은 고품질의 비료와 사료로 활용도의 가치가 높다니 대체 에너지로는 이만한 자원도 없지 않을까 싶다.

어떤 경우라도 이제는 자원순환형 사회를 만들지 않으면 안 되는 시점에 와 있다. 화석연료비 5천억이라는 외화도 큰 문제가 아닌가. 바이오디젤은 추위에 약한 단점이 있지만 유채 기름은 영하 8도까지 문제가 없다는 장점도 가지고 있다. 경유에 디젤을 1%만 섞어도 이산화탄소 1.2%, 일산화탄소 6.5%가 감축된다니 가장 친환경적인 에너지임에는 틀림이 없다.

봄이면 유난히 들녘을 화사하게 물들이며 겨우내 언 가슴을 녹이더니 유채가 지닌 성분이 그러하여 마음의 고향으로 자리했나 보다. 앞으로는 누구에게나 영원한 고향이 될 것 같다. 우리 농촌과 도시 근교 아파트 화단 등 노란 물결이 시야를 수놓을 것 같기도 하다. 무엇보다 전국 곳곳 묵정밭 주인으로 당당히 한몫할 것 같은 생각도 든다. 환경 탓을 하지 않고 잘 자라는 성질이 있어 어느 곳에서나 특유의 빛깔을 지켜내는 데는 아주 일편단심일 수도 있겠다.

무엇보다 쌀 과잉 생산으로 병들어가는 농심을 유채꽃으로 팍팍 불어넣었으면 좋겠다. 애써 지은 작물이 창고에서 썩어나간다는 보도는 정말이지 아이러니가 아닐 수 없다. 보리밥 속에 한 톨의 쌀이 눈물겹도록 그리웠던 시절을 우리는 언제부터 잊었던가. 수입 밀가루에 의존하면서 쌀 소비가 줄어들더니 이제는 재고라는 단계까지 오고 말았다.

　이를 해결해줄 방법은 하루 빨리 유채꽃으로 대체하는 일이다. 어느 나라에서는 친환경 에너지에 가까운 옥수수를 대체 작물로 심는다는 말도 들린다. 우리 토질에는 아무래도 유채가 적격일 것 같다. 오랜 세월이 흘러도 변하지 않는 자태가 믿음을 가져다준다. 가을의 황금물결을 자랑하던 그 자리가 유채로 대체된다면 농민들의 시름도 한층 가벼워지지 않을까.

　우선적으로 깨끗한 모습을 넉넉히 만날 수 있는 길은 제도적인 지원과 배려로 농민의 의식을 고취시키는 일이다. 즉, 유채를 많이 파종하는 농민들에게 평균 수익 손실분을 보상해주는 '경관농업 직불제'를 시행한다든가, 아니면 연휴를 맞은 도시인들에게 일손 활용으로 적은 액수의 일당제를 운영하는 것도 좋겠다. 무엇보다 일일봉사 인원이 활성화된다면 유채의 재배는 한층 수월할 수도 있겠다.

　이제는 잠자고 있던 들녘에 우리 손으로 유채 옷을 입혀야 할 때다. 이곳 을숙도처럼 영원히 머물고 싶은 안식을 느낄 수 있는 꽃 중에도 제일 귀중한 꽃으로 말이다. 공해의 불안에 놓인

현시점에 해결사 역할로 등장한 식물이 있는데 무엇 하러 회색 빛 세상을 걱정하겠는가.

이런저런 생각을 하니 기분이 하늘이라도 날듯 가볍다. 지금 껏 느꼈던 불안과 두려움도 휑하니 날아가 버렸다. 유채꽃 그 늘에서 숨 쉬는 정서는 늘 고운 꿈에 취할 것 같고 어쩜 신세계 로의 꿈에 젖어볼 수도 있을 것 같다.

나는 벌써 그 꿈에 취했나 보다. 예사로 보이던 벌과 나비들 도 한 식구처럼 느껴지고 유채꽃을 감싸 안은 햇살은 광명천 지로 느껴진다. 노란 물결에 감탄하던 감정은 생명의 강줄기로 여겨지며 바람결에 춤추는 꽃잎은 너무나 예쁜 요정들의 모습 이다. 줄기들의 곧은 몸매는 바른 자세의 표현이라 할까. 한 점 흐트러짐이 없으니 꽃과 열매가 세상의 청량제 역할을 하나 보 다. 그런 기개는 거친 풍우에도 꺾이지 않는 절개도 함께 전해 주고 있다.

투명한 자태와 둥글둥글 모나지 않는 그들 곁에서 각박했던 우리의 인심도 회복해야 할 일이다. 지금껏 관상용이며 먹을거 리로 여겼던 꽃들이 큰 자원으로 활용 가치가 있을 줄 쉬이 짐 작했던가. 무심히 밟고 스치는 풀 한 포기조차 인간들이 만들 어내는 오염 물질을 정화해준다는 점도 다시 새겨볼 일이다. 무 엇보다 농촌을 사랑하는 마음, 그 정신이 모일 때만 진정 환경 이 살아나는 법이다. 그러면 유채는 언제든 우리 곁을 떠나지 않을 것이다.

시간이 흐를수록 을숙도는 더욱더 환한 빛으로 다가선다. 삼천리 금수강산이 오직 꽃길로만 수놓은 듯하다. 지난날 매연은 자취도 없이 사라진 것 같고 자동차들은 유채 향기 날리며 달리는 기분에 젖는다. 오직 맑은 하늘만이 시야에 펼쳐지고 오가는 사람들의 표정도 꽃처럼 고운 자태로 전해온다.

이제는 정말 이곳 유채밭에서 벗어나지 못할 것 같은 생각이 든다.(2003년 4월)

제비 한 마리

정말 오랜만이고 반갑다. 긴 시간 헤어졌던 친구 이상의 감정
으로 손뼉 치며 환호했다. 이왕이면 식탁에 앉아달라는 간청
도 하였다. 그 옛날 처마의 둥지라 생각하고 한 식구처럼 도란
도란 지내던 자리를 마련하자는 마음도 보냈다. 여느 새들보
다 가장 가까운 관계가 아니었나. 녀석도 알기나 한 듯 방 안을
배회하며 반기고 맞이하는 모습이다. 모두가 재회의 기쁨에 방
안 분위기는 한껏 들뜨기 시작했다.

일행들은 일제히 벽에 붙은 달력으로 눈길을 돌렸다. 지금껏
무심히 지나쳤던 절기에 새로운 관심이 모아졌다. 삼월삼짇날
(음력 3월 3일) 강남 갔던 제비가 돌아온다는 날이 바로 오늘이
었다. 농경사회를 떠나오면서 관심 밖으로 물러나 버린 절기를
찾아본 지도 한참 되었다. 다행히 잊지 않고 찾아준 제비 덕분
에 이날을 상기하게 되었다. 사실 제비는 사람들의 생활과 밀접
한 관계가 있었다.

꼭 흥부전의 이야기가 아니라도 우리는 이 새를 길조로 여겨

16

왔다. 봄이면 가장 기다려지는 손님이었고, 녀석들이 돌아오는 날은 봄의 절기 중 큰 명절로 꼽았다. 가족과도 같았던 그들을 막걸리로 유명한 산성마을에서 만났다. 이곳은 오래전부터 막걸리 맛이 좋기로 이름난 고장이었다. 입구에 들어서면 특유의 냄새가 애주가를 만들기에 충분했다. 이곳에 한 마리의 제비가 제 보금자리의 향수를 안고 찾아온 것이다.

그렇다. 지난날 집집이 농주를 담가 먹던 고향집들은 항상 막걸리 향내가 가득했다. 그 냄새와 함께 보낸 세월들이 오랜 시간이 흘러도 녀석들은 잊지 못하였나 보다. 물론 귀소본능도 강하지만 그동안 잃어버린 옛집에 대한 향수가 이 자리를 선택하게 했는지도 모른다.

그런데 왜 한 마리만 나타났을까. 곳곳에 처마를 차지하여 여러 새끼들을 길러낸 가족들은 어찌하고 홀연히 찾아왔는지 그 궁금증은 시간이 지날수록 커지기만 하였다. 안타까운 마음도 일었다. 혹여 변화된 환경이 외기러기 신세를 만들었을까. 어느 날부터 따뜻이 품은 알에서 까닭 없이 새끼가 태어나지 않았든지 또는 강남 갔던 동지들이 돌아오는 예가 줄었든지, 원인을 알 수 없는 세상살이에서 옛 주인을 찾아 그 사실을 알고 싶어 왔을지도 모르겠다.

쉽게 방 안을 떠나지 못하고 서성이는 모습이 더욱 그런 느낌을 준다. 초가삼간이 사라진 오늘날 주인의 삶을 들여다보며 생활할 수 있는 자리가 없어진 지 오래이다. 모두가 콘크리트

화된 지금 고작 전깃줄이 옛 터전과 그나마 가까운 곳이 되고 있는 형편이다. 이러니 녀석이 머물 곳은 그 어디에도 수월치가 않다. 우리도 그나마 수없이 줄어든 제비들의 집도 어느 곳에 짓고 생활하는지 모르고 지내온 지도 한참 되었다.

그런 상황에 이렇게나마 찾아준 것만도 정말 고맙다. 도심에서 좀 벗어난 외곽지대여서 근거지로 여기기도 하겠지만 무엇보다 사람 냄새를 그리워하는 자세가 참 갸륵하다. 새 중에도 사람의 생활과 가장 많이 닮은 녀석이 제비였다. 여느 새들처럼 아무 곳에나 집을 짓지 않으며 언제나 지붕 처마를 안식처로 마련한다. 새끼를 낳아 기르는 모습이 여기저기 옮겨 다니는 철새와는 다르다. 다음 해에도 그다음 해에도 꼭 살던 집을 찾고 새끼 또한 태어난 고향을 버리지 않는다. 우리가 지닌 인지상정과 비슷한 점을 안고 있다.

그뿐인가. 어느 네티즌이 올린, 카메라에 포착된 제비 가족의 사랑은 눈물겹도록 안타까웠다. 길옆에 꼼짝 않고 누운 동지 곁에서 영문을 몰라 몸부림치는 그들은 차라리 처절해 보이기까지 했다. 정말 죽었느냐? 왜 널브러져 있느냐? 어서 일어나 보라 멈추지 않는 고함과 울부짖음은 모두를 감동에 젖게 했다. 네 다리로 일으키기도 하고 자신의 힘으로 등을 떠밀어 봐도 시체로 변한 동지는 영 반응이 없었다. 이를 어찌해야할지 할 수 없이 스스로 일어날 때까지 그 주변을 돌며 지켜볼 수밖에 없었다.

어느 순간 세찬 바람에 제비의 날개가 휙 움직였다. 이제 깨어나는구나 큰 안도감으로 달려왔지만 한 번 누운 식구는 끝내 일어나지 않았다. 그래도 떠날 수 없었다. 분명 잠을 자고 있지 먼 길을 갔으리란 생각은 들지 않았다. 그 이후에도 몇 차례 더 그런 일이 있던 어느 날 건장한 청소부 아저씨가 말없이 누운 자기 식구를 쓰레기차에 실어 가고 말았다. 그래도 언젠가는 튼튼한 날갯짓으로 이 자리를 찾아올 것이라 기다리며 오랜 날을 그곳을 배회했지만 한 번 떠난 식구는 영영 돌아오지 않았다.

혹여 이곳을 찾은 지금의 제비가 그 영상의 주인공일까. 영문을 모르고 죽어간 한 동료의 생이 가련하여 그 사연을 전하러 온 것일까. 아니면 어딘가에 살아 있을지 모를 짝의 소식을 듣기 위해 온 것일까. 우리 또한 착잡한 마음에서 헤어나지지 않았다. 그렇지 않아도 줄어드는 식구들로 늘 외로움을 타는데 사랑한 배우자마저 보냈으니 그 슬픔이 오죽하겠는가. 어쩌면 그런 미련을 떨쳐보자는 뜻으로 옛터전과 비슷한 자리로 돌아왔을 수도 있겠다.

그 옛날 사람들은 강남 갔다 돌아오면 언제든 반갑게 맞이했다. 죽담과 툇마루에 배설물을 흘려도 싫어하지 않았다. 그래서 지금의 제비는 새로운 둥지를 틀어 지난날의 가족들을 불러 모아 오손도손 살아보겠다는 것일 수도 있겠다. 방 안을 배회하는 분위기에서 그런 느낌이 전해온다.

그렇다. 오늘날 제비들의 불행은 우리들이 만들어내었다. 잘 살기 위한 방법이 결국 그들의 삶을 불편하게 만들고 말았다. 항상 맑은 생을 살아가는 녀석들이 언제 오염된 환경에 면역을 길렀겠는가. 이러니 오늘의 제비에게 미안하고 그래도 다시 찾아온 게 반가울 수밖에 없다. 어려운 환경을 이겨내고 정착지를 마련하려는 그 의지가 참 가상할 따름이다.

　이제 우리가 제비를 위해 할 수 있는 일은 달려왔던 편리에서 옛 삶을 조금씩 찾아가는 일이다. 제비가 살 수 없는 세상은 사람도 살 수 없음을 빨리 깨달아야 할 때이다. 어쩜 지금의 제비는 일찍 그 사실을 알리려 왔으리라는 생각도 해본다. 더 이상 외롭게 살지 말자는 메시지인지도 모르겠다.

　긴 시간 자신의 처지를 다 전했다는 듯, 한 마리의 제비는 창공을 시원하게 날고 있었다.(2003년 5월)

내가 일군 텃밭

대가족 속의 나를 만난다.

부르지 않아도 달려오는 무리가 있고 빠르게 쑥쑥 자라는 식구들이 있어 외롭지 않다. 빈터는 잡초가 자랄 사이 없이 숲을 이루어내고 바람은 햇살과 동무하여 춤추는 요정들을 불러들인다. 어디서 날아왔는지 이름 모를 곤충들은 자신의 무대를 마련하느라 바쁘다. 마치 온 세상이 자기들의 터전인 양 화음을 전달하며 노니는 모습이 앙증스럽다.

뭇 생명이 살아 숨 쉬는 녹색 현장에 서본 지도 참 오래되었다. 엄마가 경작하는 텃밭을 뛰어다니며 호기심과 꿈을 키우던 지난 시절을 이곳에서 만나고 있다. 긴 도회지 생활로 황량한 마음이 일 때면 잔잔한 호수처럼 다가서던 푸른 들녘을 상상하며 이런 자리를 그리곤 했다. 가끔은 파도가 넘실대는 바다처럼 보이던 그 경이로움은 정말이지 이상세계를 수놓기에 충분하였다. 금방 하늘과도 맞닿을 것 같은 넓은 들녘은 얼마나 여린 가슴을 뛰게 하였던가. 언젠가는 꼭 신비한 초록세상을 찾으리라 기대했던 상상이 오늘날 나를 이곳으로 오게 하였는지 모르겠다.

텃밭의 주인이 되었다. 동네 가까이 방치되어 있는 재개발단지에 갖은 잡동사니가 쌓여 있는 것을 눈여겨보아 오다 용기를 내어 개간하였다. 새마을 운동의 일환도 아니고 화전민들 삶의 수단도 아니면서 개간이라는 거창한 단어를 쓰기가 좀 부끄럽긴 하지만, 도회지에서 제대로 된 농기구 하나 없이 작은 연장들로 돌부리를 캐낸다는 것도 쉬운 일은 아니었다. 무엇보다 가축 돌봄 외에 들일은 별로 해보지 않았기에 더더욱 힘들었다. 초등학교 졸업과 함께 떠나온 그곳은 낭만과 추억의 소중한 자리로 남아 있을 뿐 농부로서의 기억은 남아 있지 않았다. 하지만 언젠가는 꼭 돌아가야 할 귀중한 약속의 장소라는 것은 내 가슴에서 떠나지 않았다.

다행히 나무가 없는 곳이어서 한층 수월하리라는 생각도 들었다. 삽과 호미로 키 낮은 잡풀들은 문제없이 캐낼 수 있으리라 생각했다. 그런데 그게 아니었다. 제약을 받지 않은 공간에 내린 뿌리들의 경쟁은 대단하였다. 잔뿌리들이 서로 얽히고설키어 땅끝까지 점령하고 있는 듯했다. 호미가 꽂힐 틈새 없이 서로들 칭칭 감고 있었다. 땅 깊숙이 파고들어 겹겹이 에워싼 모습에 지금껏 하찮게 스쳤던 풀포기의 위력을 실감했다. 서로의 영역을 넓히기 위해 먹고 빼앗기 위한 아귀다툼의 현장이었다. 할퀴고 뜯기며 아우성 속에 살았을 모습들이었다. 똘똘 감고 헝클어진 무질서가 그런 느낌을 주었다. 인간의 생존경쟁과 다르다면 우리가 가진 양보와 질서의 차이 정도였다.

이런 돌과 풀뿌리들과의 싸움 끝에 일주일여 만에 작은 텃밭 형태를 만들었다. 손에는 물집이 생기고 흙투성이 세례를 받았지만, 내가 살아온 고향의 한 지점에 섰다고 생각하니 만감이 교차했다.

흙 고르는 작업에 들어갔다. 우선 심어둔 자리에 물을 잘 빠지게 하기 위해서는 골을 만들어야 했다. 쟁기질로 골을 타던 기억을 떠올리며 곡괭이와 호미로 제법 농군의 흉내를 내었다. 어찌 힘센 소나 장골 남자의 힘과 비교할까마는, 연약한 여자와 연장을 두고 볼 땐 제법 단단한 둑처럼 골을 잡았다.

그렇게 만들어 둔 텃밭에서 벌써 여러 해째 우리 농촌을 만나고 있다. 풀을 퇴비로 이용하던 시절처럼 발효시킨 거름들을 기름진 땅으로 태어나게 하는 비법도 썼다. 혹여 가뭄에 흙이 병들세라 자주 물을 주며 진자리 마른자리 조화를 놓치지 않으려 애썼다. 무엇보다 땅이 건강해야 생명들이 튼튼하게 자랄 수 있으니까.

이곳에 서고부터는 단 한 개의 과일 껍질과 한 방울의 우유팩 헹군 물도 버릴 것이 없다. 모두가 내 텃밭의 자양분으로 쓰이므로 음식물은 쓰레기라는 이름으로 불릴 것이 아니었다. 흔히들 냄새와 벌레들을 염려하지만 은행잎과 배합을 하면 그런 점은 많이 줄어들 수 있다. 이 은행잎은 집에서 바퀴벌레, 개미를 쫓는 데도 큰 역할을 한다. 양파망에 넣어 베란다에 걸어 두면 정말 귀신같이 사라진다.

퇴비 활용을 하다 보면 밤새 모은 소피의 요강을 머리에 이고 이른 아침 채마밭을 가꾸시던 어머님부터 떠올려진다. 가축과 가족들의 분뇨로 보리밭을 일구시던 아버지의 일과도 새겨진다. 아침이면 무럭무럭 김을 피워 올리던 앞마당의 퀴퀴한 두엄 냄새도 다시 만나는 기분이다. 겨우내 묻어 둔 음식 쓰레기의 발효가 그 옛날 고향집을 말해주고 있는 것이다. 이처럼 흙은 인간의 모든 오물을 받아 살을 찌울 뿐 아니라 많은 생명을 키워내고 있다.

씨를 뿌릴 때는 늘 노심초사하는 마음이다. 이 작은 알들이 과연 싹을 틔우기나 할까. 물 한 모금 없는 깡마른 땅에서 어떻게 길을 알고 흙을 털고 나오는지 궁금함이 여간 애를 태우지 않는다. 그런 염려를 비웃기나 하듯 연둣빛 머리를 쏘옥 밀어 올리는 앙증스러운 자태는 정말이지 보통 신비롭지가 않다. 자연의 조화가 환희와 기쁨으로 이어져 내 삶의 윤활유가 되고 있음은 두말할 필요가 없다.

이름 모를 곤충들의 출현은 또 어떠한가. 어떻게 알고 찾아왔는지 날이 갈수록 늘어나는 식구들로 그야말로 잔칫집이 따로 없다. 느림보 굼벵이는 고구마의 달짝지근한 맛을 즐기느라 이리 뒹굴고 저리 뒹굴며 새끼들을 불리기에 바쁘다.

야채들이 제법 넓은 잎을 자랑할 때면 진딧물의 활동은 대단하다. 잎들이 돌돌 말리는 병을 불러들이는 놈들의 기세는 약이 아니면 대적할 그 누구도 없다. 물로 씻어내기도 하고 털어서 떨어뜨리기도 하지만, 녀석 또한 적극적이니 결과는 무승부로 끝난다.

가을배추의 적수는 달팽이다. 아주 능글맞게 터줏대감 노릇을 하며 넓은 잎사귀가 공설 운동장이나 되듯 여유만만하게 움직인다. 얼마나 좋겠는가. 마음대로 활보할 수 있는 터전이 있고 넉넉한 먹을거리가 있으니까. 밉기도 하지만 또 밉지 않은 게 이 녀석들이다. 곰보 자국이 찍힌 푸성귀가 오히려 약품으로부터 멀어진 밥상을 마련해주니까.

이렇듯 도시에서 농촌을 만날 수 있는 텃밭을 가꾸어 나가다 보면 곳곳에서 소박한 인심들도 만난다. 제법 풍작이 들 때는 이웃들과 심심찮게 나눠 먹기도 하니까. 친환경 작물은 사람도 친환경으로 맺어놓는다.

내년에는 더 많은 초록식구를 만날까 보다. 이왕이면 전형적인 여자 농군이 될 꿈을 꾸는 것도 좋을 것 같다.(2003년 9월)

꼬마 농군들

모두가 황토 흙에 물들었다.

땅속 깊은 곳에 꼭꼭 박힌 놈들을 찾아내기 위해 일일 농부가 된 녀석들은 고구마와의 전쟁이 한창이다. 그것도 자갈밭이 아닌 단단한 황토밭에서 늦더위와 싸우고 있다. 땀과 흙으로 얼룩진 얼굴은 마치 내 어릴 적 모습을 옮겨다 놓은 것 같다. 아동극 속의 개그맨들을 보는 듯 지나는 사람들이 박장대소를 한다. 마치 노동의 가치를 톡톡히 전해주는 자리라 할까.

울산 소래농장에서 고구마를 캐고 있다. 심은 지 170일 만에 캐는 고구마라 크기가 장정 두 주먹에 가깝다. 보통 120일 사이가 적당한 수확 시기인데 시일이 늦추어진 덕분에 녀석들에겐 힘든 노동의 가치를 더 배우게 된 셈이다. 오히려 힘든 노동이 주인의 배려인 듯해 엄마들 입장에서는 기쁨이 더 커지는 기분도 들었다.

다섯 가족이 5백여 평 밭에 자리를 잡았다. 들판은 괭이 든 어른과 호미 든 아이들이 땅 파는 소리로 요란하다. 생후 처음으로 경험해보는 녀석들에겐 더할 수 없는 기쁨이자 소중한 체험이기도 하다. 자기 힘으로 쑥쑥 뽑아 올린 고구마가 못내 신기한 듯 흥분을 가라앉히지 못한다. 교과서를 통해 잠시 알았을 뿐 어떻게 자라는지 실제 모습은 어떤지 모든 게 처음이니 호기심이 클 수밖에 없다. 제법 거칠게 불어대는 흙바람에도 지칠 줄 모르는 녀석들이 볼수록 대견스럽다.

이 자리가 우리 조상들이 걸어온 터전이다. 크게 감동하고 즐거워하는 것은 이런 곳에서 안식을 얻었기 때문이다. 흙을 일구는 것만이 살길이었고 쉼 없는 노동이 굶지 않는 삶을 가져다 주었다. 그런 시절의 주식이기도 했던 고구마를 만났으니 어른들에게는 향수를, 아이에게는 살아 있는 체험을 제공하는 기회이기도 하다. 고통도 지나고 나면 향수와 추억이 된다더니 이를 두고 일렀나 보다.

고구마는 인간에게 온전한 먹을거리가 되었다. 잎과 줄기는 건나물로 일 년 내 우리의 식탁을 지켜주었다. 그 뿌리가 가진 단맛과 담백한 맛은 설탕이 흔치 않던 시절의 먹을거리로는 최고였다. 당시에는 무엇보다 실컷 먹어보는 게 소원이었으니까. 이 시대에 와서도 인공 단맛은 천연 단맛을 따르지 못하는 게 사실이다. 개발된 여러 식품에 의해 길들여지고 있을 뿐이다.

이제는 그런 배고픔도 더구나 먹고 싶은 욕구도 옛말이 되었다. 그렇다면 고구마를 통해 아이들에게 옛 삶의 이야기를 들려

주는 건 어떨까. 지금의 고구마 밭은 과거에는 키 큰 나무들과 육중한 돌덩이들이 있던 자리였다는 사실을. 그런 자리를 우리 조상들이 호미와 무거운 연장으로 살과 뼈가 녹아내리는 개척정신으로 일구었다는 말들을. 그렇게 얻은 한 알의 고구마는 지금의 너희들이 즐기는 피자와 치킨의 흔한 맛보다 훨씬 귀한 맛이었다는 경험담을 말이다. 그리한다면 녀석들의 농촌으로 향하는 호기심은 더욱 커갈 것이 아닌가.

한 시간 가까이 캔 녀석들은 어느새 지쳐 보이는 듯하다. 학업과 전자게임으로 시간을 보내던 아이들이 이런 환경에 적응하는 게 어디 쉬운 일인가. 얼굴은 빨갛게 익었고 짜증과 칭얼대는 소리가 곳곳에서 들렸다. 물을 달라고 하는 녀석들이 늘어나고 엄마를 부르는 투정들에 들녘이 소란하다. 손바닥과 팔이 아프다는 등 내일은 고단해서 학교에 가지 않겠다는 등 갖은 불만으로 엄포를 놓기도 한다. 앞으로는 고구마를 먹지 않을 것이며 농촌을 다시 찾지 않겠다는 녀석도 있었다.

애초 엄마들과의 계획은 아이들 체험을 위해 좀 무리하더라도 오랜 시간 일을 시켜보자는 것이었다. 진정 땀의 대가가 무엇이며 우리 먹을거리가 어떻게 해서 식탁까지 오게 되는지를 알게 해주자는 취지였다. 그래서일까. 아이들의 고통스러운 투정에도 엄마들은 별 동요를 보이지 않았다. 계속 물을 가져다주고 같이 캐면서 가난했던 시절의 고생담을 들려주는 여유도 보였다. 어쩜 고구마가 있어 엄마가 지금까지 살아왔다는 이야기도 빼놓지 않았다. 자주 쉬도록 여유도 주며 수확의 기쁨이 얼마나 큰 것인가를 설명하기도 했다.

우리의 할머니 할아버지는 이런 노동을 하루 열 시간도 더 하였으며 손바닥 물집이 마를 날이 없었다는 말도 전하였다. 굽은 허리가 그 노고를 대변하는 것이라고 당시의 생활상을 전하는 데 여념이 없었다. 우리 저 나무와 숲이 우거진 산을 보자 저 산을 개간했을 그분들의 피와 땀은 과연 짐작이 가고도 남음이 있지 않느냐? 진지한 어조로 아이들을 이해시키는 데 마음을 모았다.

엄마들의 열렬한 강의에 녀석들이 동화된 걸까. 고구마 밭이 제법 조용해졌다. 그 표정도 진지해졌다. 서로의 담화로 결의를 보이는 듯도 했다. 심술궂은 햇살은 아이들의 구슬땀방울을 더욱 굵은 땀으로 적셨지만 녀석들은 분발했다.

다시 호미 소리가 고구마밭을 채우기 시작했다. 저희들끼리 엄마들로부터 들은 소리를 얘기하는가 하면 누가 많이 캐는지 내기를 하는 듯 보였다. 애써 파낸 고구마가 알이 작을 때는 실망이 커 화를 내기도 했다. 굵은 것을 캔 녀석은 의기양양 다른 친구를 약 올리는 데 열을 올렸다. 그 고구마가 굵어지기까지의 과정도 좀 상상해 보라는 말을 일렀더니, 서로들 상상세계를 펼치느라 분주한 모습들이다.

겨우 초등학교 3, 4학년 아이들이 근 2시간 가까이 노동현장을 체험하는 중이다. 비록 호기심이긴 하지만 엄마들의 설득에 고분고분 따라주는 게 참 기특하다. 오늘의 계기로 미래의 농군이 될 꿈도 가져보고 이 시간을 갖게 해준 농부 아저씨의 고마움도 새겨보았으면 좋겠다. 또 먹을거리가 얼마나 힘들게 생산되고 소중하다는 것도 깨달아 식탁에서의 음식투정은 저 멀리 밀어내리란 생각도 해본다.

각자 캔 고구마 봉지를 든 녀석들은 제법 늠름한 모습이다. 씨 뿌리고 가꾸어온 농부의 마음을 조금은 이해하였다는 기분도 펼쳐 보인다. 수확하는 기쁨도 마음껏 누렸다는 듯 개선장군처럼 밭고랑을 걸어 나오고 있다. 앞으로 살아갈 시간들을 이런 모습으로 영위한다면 앞길에는 넉넉한 결실이 기다리고 있겠지. 땅속 깊숙이 자신을 묻고 있다 오늘의 녀석들을 맞이해준 고구마처럼.

햇볕에 그을린 녀석들의 얼굴이 고구마 빛깔만큼이나 곱다.(2003년 10월)

도시농업

철철이 화려한 꽃들로 장식되던 화분들이 야채를 키우는 용기로 쓰이고 있다. 화단 담장에 옹기종기 자리했던 화분들이 우리에게 먹을거리의 주인으로 자리하고 있는 것이다. 색색의 꽃들을 피우던 용기는 싱싱한 잎들로 또는 탐스런 열매들로 채워진다. 불편한 환경인데도 제법 먹음직스럽게 자란 잎이며 열매가 대견스럽다.

언제부턴가 화학물질의 과다로 안전한 식품의 선호도가 높아지면서 화분도 변신을 하게 된 셈이다. 농촌과 멀어진 생활에서 오는 도시의 탈출도 한몫한다. 시골의 향수로 삭막한 환경을 녹지화해보자는 정서가 그릇 텃밭으로까지 오게 되었다.

좋은 현상이 아닌가. 편리만이 많은 것을 해결하리라 믿었던 우리 의식이 자연을 향하는 것은 환영할 일이다. 버려지던 작은 빈 그릇과 큰 항아리도 이제는 고추를 키워내는 역할을 하고 있다. 어디 그뿐인가. 쓰레기의 주범인 스티로폼박스도 싱싱한 야채들로 채워진다.

골목길 옆 또는 화단의 화초 사이사이 자투리땅도 더 없이 좋은 텃밭으로 활용되고 있다. 잡초로 아니면 잡동사니 쓰레기들로 메워져 있던 자리에 작물을 경작하고 있는 것이다. 도시의 구석구석 녹색빛을 전하는 생태교육으로도 정말 좋은 일이다. 특히 욕심꾸러기 잡초들을 물리치는 방법은 야채 씨앗들을 많이 뿌려두는 일이다. 사람들의 손길이 닿는 푸성귀 앞에서는 놈들도 기지개를 켤 수 없으니까.

단독주택 앞마당 또는 건물의 옥상텃밭이 인기를 누리고 있다. 열린 공간에서 햇살과 바람을 흠뻑 들이켤 수 있어 도시의 공간으로는 더없이 좋은 자리다. 넓은 고무통에 흙을 담아 기를 수 있는 곳으로는 최상의 조건이다. 넉넉한 일조량은 어떤 농법보다도 농사에 도움이 된다. 주거지 제일 높은 곳에서 농사를 지을 수 있다는 것은 도시인만이 가질 수 있는 특권이다. 어느 지인은 고추 30근을 수확했다니 열 식구가 먹을 수 있는 분량이란다. 큰 기삿거리가 아닌가.

아파트 베란다 농사도 참 묘미가 있다. 쓰지 않는 그릇들에 씨앗과 모종을 심어보면 싹을 틔우고 크는 모습을 볼 수 있다. 어찌 노상에서처럼 튼실하기야 바랄까마는 그래도 농심은 저버리지 않는다. 간간이 찾아주고 잠시 머물다 가는 바람과 햇살에 약하게나마 뿌리를 내리는 데서 생동감을 얻는다. 이 농법은 가족의 사랑이 모아진다는 것이 장점이다. 자나 깨나 함께할 수 있어 그 가치에서 새로움이 느껴진다. 도시농업의 대표로 주말농장을 들 수 있다. 가족 또는 이웃과 가까운 산촌에 작은 들판을 만들어 참한 농장주가 되어보자. 도시농업으로는 아주 이상적인 텃밭 주인일 것 같다. 우리의 먹을거리는 내 손으로 마련한다는 뜻으로 작은 원두막 하나 지어놓거나 아니면 텐트도 좋겠다. 제2의 생활터전으로 여기며 사라져가는 농경사회의 소박한 꿈을 이루어 보는 게다. 그리한다면 지금의 삭막한 인심을 회복하는 데 최적일 수도 있지 않을까.

도시근교에 유휴지는 얼마든지 있다. 이런 땅을 이용한다면 곡물전쟁이니 열섬화니 하는 표현도 많이 줄어들 수 있을 것 같다.

제초제나 농약 비료 등으로 농산물 수확량이 줄어든 지도 오래이다. 이산화탄소 배출량이 늘어나면서 만물이 몸살을 앓고 있는 것도 사실이다. 내 가족 건강은 내가 지킨다는 의식만이 모든 것을 바로잡을 수 있으리란 생각이다. 그러기 위해서는 자급자족이 필수적이다. 도시농업이 그것을 말해준다.

음식물 쓰레기가 도시환경에 큰 문제가 되고 있는 지도 오래되었다. 물질적으로 풍족해지면서 먹을거리가 쓰레기라는 이름으로 남게 되었다. 가난한 시절이면 한 알의 밥을 그리 불렀다가 하늘에 벌 받을 소리라 호통 당할 일이다. 집집이 대형 냉장고 속엔 먹을 것이 가득 차 있으니 넉넉함이 오염물질을 만들어내고 있는 실정이다.

이런 문제점들을 해결해주는 곳도 도시농업이다. 우리가 먹고

버린 것을 흡수하여 거름으로 태어나 다시 싱싱한 먹을거리를 키워주는 것도 흙이 하는 역할이다. 음식물 찌꺼기와 뜨물은 흙과 함께 발효되면서 유산균을 만들어낸다는 보고도 있다. 거기다 식초도 가끔씩 거름으로 이용해주면 기름진 땅은 물론 벌레 퇴치에도 큰 효과를 얻을 수 있다. 항생제가 든 사료를 먹고 자란 가축들의 축산퇴비에 비해 이런 것은 살균작용을 하여 병충해 예방까지 된다는 뜻이다. 쓰레기 줄이고 생산성 높이고 건강 찾고 일거삼득을 가져다주는 도시농업을 나는 오래전부터 생활화하고 있다.

올해는 4평 남짓한 화단에 화초 사이사이로 오이 여섯 포기를 심었다. 발코니와 담벼락으로 줄을 올려 장골 팔뚝만 한 오이를 백여 개나 따는 수확을 얻었다. 또 일곱 포기의 고추는 키가 2미터나 자라 바지랑대로 감을 따듯 고추를 따는 기쁨도 누렸다. 감히 내 화단이 아니고는 어디서 이런 보람을 가질 수 있으랴. 가까우니 관리가 수월하여 물과 퇴비를 적당히 공급해줄 수 있는 덕에 이런 결실을 보는 것이다. 이웃 간에 나눠먹기도 심심찮게 하고 있어 보람은 두 배로 커진다.

아침에 눈뜨기 바쁘게 화단과 상면을 한다. 밤새 안녕한지 또 얼마나 컸는지. 그 싱그러움에 취하다 아침밥이 늦어지는 경우도 종종 있다.

이렇게 도시농업 속으로 빠져들다 보면 게임이나 영상매체와도 거리가 멀어진다. 여러모로 도시 환경을 정화하는 일은 텃밭 만들기 활성화에 달렸다는 게 나의 주장이다.

그런 시간 속에 시골의 풀 내음을 접하기도 하고 넓은 들판을 가져보는 꿈도 꾸어본다. 언젠가 우리 아파트가 텃밭 한가운데 서는 욕심을 부리기도 한다.

도시농업이라는 타이틀이 어느새 내 앞에 우뚝 선 것 같다.(2004년 4월)

쑥국새

누가 산비탈을 개간해 배추와 무를 경작했던 모양이다. 씨받이를 위해 드문드문 남겨둔 야채 포기들이 그 사실을 말해 준다. 가을 작물은 하되 봄갈이는 하지 않으려나 보다. 쑥과 냉이들이 힘찬 기지개를 켜도록 둔 것을 보니 그런 마음이 든다. 혹여 큰비로 발생할 수 있을 홍수의 위험을 막기 위한 방편일 수도 있겠다. 풀이 없는 흙밭은 산사태를 불러올 수도 있으니까.

벌써 여러 해째 범어사 뒷산을 찾고 있다. 우연히 등산길에서 만난 천여 평의 넓은 밭이 지금까지 봄 반찬 해결을 톡톡히 해 주는 편이다. 오늘은 방과후 독서지도를 하고 있는 아이들과 함께했다. 누가 씨를 뿌려놓은 듯 빈틈없이 자리를 메운 광경은 아이들의 탄성을 자아내기에 충분했다. 평소 잘 접하지 못한 곳인 만큼 기대와 호기심은 클 수밖에 없었다.

"선생님! 파란색과 하얀색이 어우러진 것은 무슨 나물이에요?"

"응, 그것은 쑥이지. 모두 파란 것은 냉이이고."

먹어만 보았지 접해보는 것은 처음이니 낯설고 신기할 수밖에 없다. 뿌리째 캐는 냉이를 잎만 자르는가 하면 몇 번이나 쑥 모양을 가르쳐도 익히기까지는 한참 걸려야 했다.

내가 지금 아이들 나이에는 한나절씩 쑥을 캤다. 여린 쑥은 봄철 먹을거리로, 센 쑥은 일 년치 쑥떡 재료로 쓰였다. 이런 사정으로 봄날의 오후는 들판에서 보내야 했다. 한창 뛰어놀 나이에 자급자족이라는 생업에 적용된 셈이다. 하지만 자연과 함께하는 생활이라 고통이 수반되는 시간은 줄어들었을 게다. 무엇보다 미물들의 울음소리가 있어 불편이 해소되었는지 모른다.

특히 큰 소리 명수인 뻐꾸기는 멀고 먼 산까지 메아리 치며 가슴을 적셨다. 숲속을 타고 들려오는 울음은 미지의 세계를 수놓기에 충분했다. 어떤 새이기에 하루도 쉬지 않고 저리도 크게 울까. 무슨 사연을 담고 있어 변함없는 음률로 자신을 지키려는지 쑥을 캐는 고사리손은 자못 궁금증을 떨쳐내지 못했다. 분명 무언가 있으리라는 예감에 어린 가슴은 좀처럼 잠재워지지 않았다. 그러던 어느 날 아버지의 지게에 한 짐이 될 만한 쑥을 캤을 때였다.

"아이고! 이쁜 것 이것만 해도 일 년 묵을 양식은 되겠네."

"쑥국새가 있어 그래도 덜 심심했겠제?"

"일 년 묵을 양식 마련하라고 저리도 열심히 안 울어주나."

그랬었구나! 고되고 무료한 시간을 달래주며 먼 산까지 절절히 큰 흔적을 남기던 뻐꾸기 소리가 그런 뜻이었다니, 가난한 사람들이 굶을세라 안타까움을 전하기 위해 지친 울음으로 대신하였다는 생각에 이르자 슬프게 느껴질 만큼 큰 울림으로 다가왔다. 더구나 고유한 뻐꾸기라는 자신의 이름을 쑥국새로 불리어 가면서까지 말이다.

나는 그 후로 저들의 소리를 예사로 듣지 않았다. 생명이 있는 모든 것은 그 가치와 존재가 별반 다르지 않음을 느꼈기 때문이다. 어떤 경우는 선견지명이 사람보다 앞서는 일도 있었다. 수년 전 어느 나라에 해일이 일어나 수백 명의 목숨을 앗아가던 날, 동물들은 며칠 전부터 대거 이동을 서두르더라는 보도가 있었다. 천재지변에 대비하는 본능적인 방어력이 어쩌면 우리의 지혜를 앞선다는 것을 알려준다.

그런 이유일까 오랜 세월이 흐른 후에도 나는 이 자리를 쉬이 잊지 못하고 있다. 나태함을 달래기 위해 새의 울음마저 동지적 가치로 받아들였던 조상들의 마음에서 떠나지 않았던 것이다. 서로 의지하는 순수함이 그 시대에는 살아 있었다는 점이다. 동물이라고 달리 생각하지 않는 생명존중 의식이 울음까지도 삶의 여유와 가르침으로 받아들이는 자세였다.

실은 지금 누리는 우리의 풍요는 어떤 쾌락을 부르기도 하지만 쑥국새의 울음은 그렇지가 않았다. 배고플까 봐 양식 걱정하는 소리로 전했으니 얼마나 갸륵한 관계인가. 가장 가까이서 가장 크게 또는 잦은 울음으로 다가섰다는 점에서 분명 사람과 밀접한 관계를 가지려 했다는 것을 알 수 있다. 그 울음을 지나치지 않았던 조상들의 지혜는 더 말할 필요도 없이 감동적이다.

그렇다면 지금의 아이들 가슴엔 무엇이 커 가고 있을까. 봄나물이 어떻게 생기고 자라는지조차 모르는 녀석들에겐 쑥국새 소리의 의미가 어떻게 전해질까. 도시의 갖은 소음에 젖어버린 정서가 자연의 소리에 가슴을 열기나 할는지. 밭을 뛰어다니는 개구쟁이들을 바라보는 내 마음이 꼭 편치만은 않다.

무엇보다 녀석들을 자주 이런 곳으로 데리고 와야겠다는 생각이 든다. 그래서 쑥국새 시절의 이야기에 귀 기울이며 혼탁해진 가슴을 다독여 나가는 자세를 키워 주어야겠다. 어쩌면 그것이 이 시대 뻐꾸기들의 바라는 일인지도 모르겠다. 열심히 더 고운 목소리로 찾아올 테니 마음이 무거울 땐 언제든 곁으로 오라는 당부를 할 것도 같다. 그래서 꼭 함께 친구 되고 이웃하여 영원한 동반자적 삶을 이어가자는 약속을 하리란 생각도 해 본다.

쑥국새 식구들이 불어났나 보다. 그 소리가 한층 정겹고 가깝다. 나의 마음을 알아차렸나 큰 소리로 다가서는 느낌이다. 오랜만에 찾아주어 고맙다는 인사인 듯 다정다감한 목소리로 전해온다. 다시는 헤어지지 말자는 굳은 약속의 징표처럼 들리기도 한다.

쑥국새 곁으로 다가서는지 아이들도 조용해졌다. 지금껏 느껴보지 못한 감정이 온몸으로 전해졌을까 상상하지 못했던 분위기에 접했으니 감격에 겨웠을 것도 같다. 만나고도 싶고 놀아보고도 싶을 게다. 어떻게 생겼는지, 울음소리만큼 큰 새 이기는 한지 자못 궁금할 터이다.

하지만 드러내지 않고 조용히 자기 몫을 한 쑥국새이기에 오늘까지 녀석들을 그리워하는지 모른다. 앞으로도 그 소리에 울고 웃으며 지난날을 생각하고 내일을 기약할 것이다. 뻐꾹새의 추억과 쑥국새의 고마움을 깊이 새기면서 말이다.(2004년 4월)

딸기와 아이들

밀양으로 향하는 아이들의 표정은 딸기 빛으로 물들었다.

생후 처음으로 가본다는 설렘으로 충분히 들뜨고도 남을 일이다. 어떤 곳에서 어떻게 자라고 있을까 심히 궁금한 터이다.

"기사님! 운전을 빨리빨리 해주세요. 딸기나무가 얼마나 큰지 너무 보고 싶어요. 밭은 또 얼마만큼 넓은지 궁금하기도 하고요."

녀석들의 성화는 대단하다. 신호등에 걸릴 때마다 안절부절 못한다. 마음은 그곳에 가 있는데 몸은 왜 이리 느릴까! 혹여 누가 일찍 와서 따 버리지는 않을까. 차오르는 호기심을 주체할 수 없었다.

하지만 도착한 녀석들은 한증막 같은 비닐하우스가 좀 의아하다는 표정이다. 딸기밭은 분명 넓은 들판인 줄 알았는데 실내에서 자란다는 게 실망 반 호기심 반인 듯하다.

그것도 잠시, 녀석들의 동심은 천지를 딸기밭으로 만들기에 충분했다. 6월 초순의 날씨답지 않게 하우스 안은 찜통인데도 불구하고, 잎 속에 숨어 보일 듯 말 듯 숨바꼭질하는 듯한 빨간 딸기의 신기함에 별천지 세상으로 빠져드는 듯했다. 그야말로 10여 명의 녀석들은 온통 딸기 요정들이 되었다. 딸기 물에 세수를 한 듯한 기웅이 녀석의 얼굴이 그랬고, 딸기 물에 염색을 들인 듯한 성철이 녀석의 셔츠 색상은 더욱 요란하다. 딸기를 따 모은 소쿠리를 쑥 내미는 빨간 손의 영주는 "선생님 내 손톱이 매니큐어 손톱이 되었어요."라고 했다. 신기한 체험에 색조 박사가 되어버린 자신들이 마냥 새로운 세상을 만난 듯 들떠 있었다.

한창 따는 재미가 차츰 식어갈 즈음에 이제는 딸기에 대한 궁금증이 일기 시작했다.

"선생님! 감은 단감도 있고 떫은 감도 있고 홍시라는 이름도 있는데 딸기는 왜 한 종류뿐이에요?"

"정말 그렇지! 내 미처 너희들에게 여러 딸기 이야기를 하지 않았구나. 그럼 내가 지금까지 여러 종류의 딸기에 대한 이야기를 해줄 테니 잘 기억해뒀다 다음에 산으로 들판으로 만나러 가자.

사실은 여러 이름을 가진 딸기들이 많이 있단다. 줄을 뻗어 가는 줄딸기 또는 덤불딸기가 있는가 하면 제법 굵은 가시가 있는 나무딸기도 있지. 그리고 바닥에서 자라는 뱀딸기 또는 개미딸기라고 불리는 씨가 연한 딸기도 있고 말이야. 지금 딸기는 개량종인데 이 딸기가 나지 않을 때는 이런 딸기들만 있는 줄 알았단다.

육칠월이 오면 양지바른 산과 들에는 딸기 익는 냄새로 가득
찼었지. 더구나 뱀딸기는 밭둑이나 길섶에서도 잘 자라 언제든
우리에게 훌륭한 간식거리가 되어 주었단다. 두 돌만 되면 들
판을 뛰어다니며 스스로 따먹었으니 그런 생활들에서 일찍부
터 자급자족이라는 힘을 키웠는지도 모를 일이지. 지금 너희들
은 부모님의 보호 속에 먹고 자라지만 예전엔 우리가 직접 마
련하지 않으면 잘 먹을 수 없었단다. 매연이 없던 시절이라 그
자태는 항상 맑은 빛으로 우리의 정서를 키워주기에 충분하였
지. 딸기나무 밑에는 뱀이 많이 살고 있다는 속설이 있어 그 새
콤달콤한 향기로 유혹하는 유월이 오면 뱀에 대한 공포 또한
떨칠 수 없었단다. 그놈의 뱀들도 딸기의 향이 좋아 유독 그 나
무 밑을 찾기도 했나 봐."

"그럼, 선생님 우리 당장 산으로 들로 산딸기 덤불딸기 따러
가요. 지금 제가 딴 딸기의 뿌리는 그런 딸기들이잖아요."

"그래 정말 그렇네! 그지"

"그럼 다음 달에는 우리 꼭 산딸기를 따러 가기로 하자. 게임
이나 텔레비전을 통해 나빠진 너희들의 눈도 회복할 겸, 딸기의
비타민에는 어느 식물보다 눈을 맑게 하는 성분이 많이 들어
있다는구나. 옛날 사람들은 볕에 말린 산딸기의 가루를 토종꿀
에 섞어 눈병을 치료하기도 했다고 들었어. 물론 당시에는 눈
을 쓰는 일도 적었지만 지금처럼 눈이 나쁜 사람이 흔하지 않

왔던 이유가 산딸기를 많이 먹은 덕도 있겠지. 그날만은 우리가 산딸기 노래도 목청껏 불러 그 산에 크고 많은 메아리를 남겨놓기로 하자꾸나. 한번 불러 볼까?"

"잎새 뒤에 숨어 숨어 익은 산딸기/ 지나가던 나그네가 보았습니다/ 딸까 말까 망설이다 그냥 갑니다."

"너희들의 노래 소리를 들으면 산딸기도 무척 좋아하겠지. 언제까지 우리들의 발자국 소리를 기다리며 더욱 고운 자태로 온 산야를 단장할지도 몰라. 거기서 딸기와 친구가 되어 노는 너희들을 만나고 싶구나. 또 그 딸기들을 우리 집으로 데려와 영양 간식으로 보충하는 것도 참 좋을 듯싶다. 잼을 만들어 그 맛을 소재로 글짓기를 해보면 딸기가 가진 생리를 좀 더 깊게 음미할 수 있지 않겠니? 얼음 동동 띄운 딸기 주스의 맛과 빛깔은 너희들을 더욱 높은 상상의 바다로 안내해줄 거야. 그들은 어디서 왔으며 어떻게 살아가며 또 사람들의 손에 오게 되었는지 딸기들의 나라로 떠나서 아주 멋진 글감을 만들어 보자꾸나.

딸기나라에서 찾은 글감은 폭넓은 사고와 창의력으로 쑥쑥 자랄 수 있을 거야. 내가 너희들 글짓기 지도를 하면서 이럴 때 제일 큰 보람을 느낀단다. 독서를 통해 얻은 지식은 체험과 함께할 때 완전한 작품으로 태어날 수 있거든. 그래서 이번 기회를 통해 우리 친구들이 앞으로 더욱더 멋진 글을 쓰게 되리란 기대를 하니 오늘의 일이 나를 너무 기쁘게 한단다.

다음 해에는 우리 손으로 이곳에 와서 딸기를 심고 가꾸어 보

자. 비닐하우스 같은 곳이 아니라 노지에서 따뜻한 햇살에 새싹을 틔우고 산들바람에 딸기 덤불이 춤을 추며 어우러져 가는 그런 과정을 만나 보자꾸나. 진정 산딸기를 통해 딸기의 참맛을 음미하며 그 인연을 함께 나누어 보기로 하자. 그럼 우리 또 산딸기 노래를 신나게 불러볼까?"

"잎새 뒤에 몰래 몰래 익은 산딸기/ 귀엽고도 탐스러운 그 산딸기를/ 차마 차마 못 따고 그냥 갑니다."

"자, 오늘 일정이 어땠니?"

"선생님 이야기가 너무 재미있어요. 여러 딸기들을 만나고 싶어요. 이번에는 딸기에 대한 글짓기를 잘해서 상도 많이 타고 싶고요. 내년에는 꼭 이런 딸기들을 만나러 산과 들로 가요 선생님!"

"그래! 그러자. 우리 내년을 기약하자. 모두 함께 파이팅!"

(2004년 5월)

비나리 마을

세상에 알려질까 두려운 고장이다.

예부터 소금강이라 불리는 3대 기악의 하나인 청량산이 있고 그 앞을 감싸 도는 낙동강은 마을의 안녕을 기원하듯 조용히 흐르고 있다. 입구에 들어서면 산으로 둘러싸인 마을 전체가 한눈에 들어온다. 50여 호가 고개 너머 서너 가구 또 고개 너머 몇몇 집들로 구성되어 있다. 왜 이런 구조로 이루어졌는지는 모르지만, 여느 동네와는 다른 점이 호감을 일게 한다. 퇴계 선생이 인간의 손길이 닿지 않길 원했던 이유를 이곳에 와보고야 알게 되었다.

가장 친환경적인 지역으로 알려진 경북 봉화 비나리 마을의 전경이다. 이곳에 서면 개발이 왜 필요할까 하는 의구심마저 든다. 우선 산천 빛깔의 선명도도 그렇고 농부들의 손길이 머문 논밭들의 정갈하고 평화롭기 그지없는 자태가 그렇다. 어쩜 내 고향보다 더 깊은 산골을 찾은 걸 보면 그동안 긴 도회지 생활의 갈증이 어지간히 깊었던가 보다.

여름내 가꾸어 놓은 들녘에 서니 친화라는 말이 더욱 실감 난다. 오지라는 단어도 참 정겹게 느껴진다. 어느 곳보다 문명의 지원이 늦은 만큼 더 가난할 수밖에 없었다는 것도 수긍이 간다. 그런 만큼 이곳 사람들의 자존심도 탄탄히 읽을 수 있다. 주어진 악조건을 극복하기 위해서는 단단한 고집으로 뭉치지 않으면 이 마을을 지키기가 어려웠으리라는 점이 수월치 않게 느껴진다. 그래서일까. 산새들의 합창도 구성진 농부가로 들리는 듯하고 풀벌레들의 노래도 이곳의 애환을 알려주는 것도 같다.

충직한 경호원도 되었지 싶다. 먹구름이 몰려오면 대거 이동하는 개미 식구 따라 장마 대비를 하였듯, 모든 미물은 기상 관측대가 되어 이 마을을 지켰으리라. 서로서로 협동정신을 발휘하여 천적을 막아내고, 천적 기가 있는 놈은 스스로 자제하여 동네를 보호하였을 수도 있겠다.

평상에 앉아 귀농 부부가 전해주는 이야기를 들으며 황금빛 석양에 젖어드는 동네를 바라보았다. 옹기종기 모여 앉은 집들이 마치 어머니의 태반 같은 느낌을 준다. 오직 비를 피할 수 있는 지붕 아래만이 세상 최고의 안식처였고 씨앗을 뿌릴 수 있는 텃밭만이 그들의 생명 창고였다. 어느 화려한 불빛과 호화주택도 개의치 않았다. 자동차의 편리도 자신들의 행복과는 정말 무관하였지 싶다. 많은 자식 낳아 든든한 울타리 만들고 동네를 번창시키는 일만이 이곳 사람들의 숙원이었다. 또 자연경관이 수려한 청량산을 지키고 넓은 농경지를 개간하여 알곡 창고를 늘리는 일이 세상 최고의 기쁨이었다. 그 길이 퇴계 선생의 바람을 저버리지 않는 일이라 여기면서 말이다.

그러던 어느 날부터 주민들의 염원을 이어가겠다는 사람들이 찾아들었다. 내가 만나고 있는 귀농 부부들이다. 전국을 돌며 귀농처를 물색해 보았지만 비나리 마을이 지닌 넉넉함은 다른 어디에서도 찾지 못하였다고 했다. 누구든 가을 들판과 황혼이 깔린 이 동네를 찾은 사람은 그 풍광에 빠져들 수밖에 없다고 했다. 무엇보다 개발과 거리가 있는 만큼 순수함이 살아 있으니 도시인들에겐 더할 수 없는 따뜻함을 느끼게 하였는지 모른다.

나 역시 이곳에 안주하고 싶은 유혹을 떨칠 수 없다. 한때는 지역적으로 나루터 역할을 하였으며, 낙동강의 수량이 풍부하던 시절, 주막이 있고 장이 서던 날에 오가는 사람들의 발길이 머물던 곳이었다. 다리가 없던 그 옛날엔 봉화 인근 지역의 주민이 영양, 울진 지역으로 건너갈 때 이 자리에서 나룻배를 타고 낙동강을 건넜으니, 지금의 동네가 쉼터 역할을 하기엔 충분하였을 터이다. 한때는 비진飛津이라는 이름으로 불렸지만 비진이 비나루가 되고 비나루가 비나리로 돌아왔다는 설이 있다. 사람이 많이 모이는 곳엔 인간의 훈훈한 정이 살아 있고 그 자리가 고향처럼 기억에 남기도 하는 법이다. 보내고 맞이하는 시간 속에 아쉬움과 기다림이 싹트고 그렇게 맺어지는 인연으로 오늘의 비나리 마을이 태어났으니, 누구든 정착하고 싶은 욕심이 생기는가 보다.

가을의 전경으로 특히 고추밭을 빼놓을 수 없다. 해발 400여 미터의 준고랭지라는 조건과 돌이 많은 산록경사지라는 특성 때문인지 20여 년 전부터 고추가 주 작물이었다. 척박한 산간 자갈밭에서 어렵게 자란 고추라서 그럴까. 평지에서 짓는 농사에 비해 수확량도 부족하고 크기도 작은 편이다. 그러나 색이 곱고 고추 특유의 향과 맛은 타 지역보다 더 뛰어나단다. 어느 들녘보다 유달리 빨간 물감을 뿌려 놓은 듯 고운 이유가 지역적인 특성이었음을 이제야 알 것 같다.

귀농 부부가 일구어 놓은 2천여 평의 고추밭으로 일행은 뛰어들었다. 수확과 결실이라는 기쁨을 한껏 누릴 수 있는 기회인지라 아이 어른 40여 명은 땀 흘리는 노동에 깊이 빠져들었다. 각자 따 모은 고추 무더기는 아이의 키 높이만큼 쌓여갔다. 언제 일손 부족이 있었던가 싶을 만큼 부지런한 일일봉사 농군들이 되었다. 조용했던 산골 동네가 불어난 식구들로 활기가 넘쳤다.

7년 전 이곳에 정착할 때는 묵혀둔 밭이 산이 되어 있더란다. 버려둔 땅들을 새롭게 단장하니 미아迷兒가 되어 떠돌다 제 집을 찾은 기분이었다는 농부의 웃음이 가을 하늘만큼이나 맑았다. 사랑스런 자식을 아프도록 껴안듯 고추를 꼭꼭 깨물어 보이기도 했다.

"요렇게 살이 통통하게 쩌도 그리 맵지는 안심데이."

단숨에 한 개를 먹어 치우는 아저씨 따라 먹다 매운맛에 걸린 아이들의 기침 눈물 콧물에 온 들판이 들썩였다. 고통도 잠시 뿐 점심때 된장에 찍어 먹을 거라며 따 넣은 아이들의 호주머니는 탱탱볼이 되어 있었다.

내년에는 더 넓은 고추밭을 만났으면 좋겠다. 위대하지 않지만 거짓되지 않은 사람이 있고 거대하지 않지만 초라하지 않는 삶의 향기가 있는 곳. 어디에 있든 비나리 마을은 내 마음의 고향에서 떠나지 않을 것 같다. 고추보다 더 매운 삶을 이겨냈을 농부들의 정서도 생각하면서 말이다.(2004년 10월)

청정논의 인증주자

'폴짝 폴짝'

쉽게 눈에 잘 띄지도 않는다. 이곳에서 잡으려면 저기에서 폴짝. 겨우 따라가면 더 먼 곳으로 달아난다. 눈이 밝아서 저리도 잘 뛸까. 아니면 귀향의 기쁨을 누리는지 좀처럼 함께하지 않으려 한다. 숨바꼭질에는 이만한 선수도 없을 것 같다. 잎보다 굵은 몸을 보일 듯 말 듯 숨기는 재주가 여간 가상하지 않다는 게다.

어떤 묘기를 연상케도 한다. 소리를 따라 찾으면 어느새 자취를 감추어버린다. 돌아서면 뒤에서 살짝 정체를 알린다. 그러다 어느새 내 가슴으로 폴짝 안겨들기도 한다. 이내 손안에 잡힌 녀석은 반가운 표현인지 불안한 느낌인지 아주 사위를 휘젓는다. 독 안에 든 쥐처럼 잠시도 가만있지 못한다. 어르고 달래도 빠져나가기 위해 몸부림치며 두 발로 내 손바닥을 힘차게 차댄다.

벌써 여러 해째 친환경 농사를 짓고 있는 귀농 가족들을 찾아

일손을 거들며 메뚜기와의 시간을 즐기고 있다. 언제 봐도 한 결같은 모습이며 해가 갈수록 개체 수는 늘어나는 것 같다. 저렇게 쉬지 않고 뛰는 힘은 어디서 나오는 것일까. 볏잎을 먹는 힘일까, 휴식은 언제 취하는지 않는 듯하더니 또 뛰고 비행하는 모습은, 바람개비를 연상케 한다.

농약과 제초제의 등장으로 오랫동안 사라졌던 곤충들이다. 가을 들판의 터줏대감이자 동심의 주인이었다. 그런 녀석들이 어느 날 가을 들판에서 보이지 않았다. 원인도 모른 채 아주 사라지기까지 했다. 뚜렷한 영문을 모르는 우리들은 궁금하다 못해 불안하기까지 했다. 어떻게 된 일일까. 지금까지 가을 논에 메뚜기가 없다는 것은 상상해보지 않았다.

혹여 천적이라도 생겼을까. 세계 곳곳에 의약으로 해결되지 않는 '슈퍼박테리아'가 생겼다지 않는가. 어디든지 이 병균이 침범하면 전멸당할 수밖에 없다. 그렇다면 메뚜기 세계도, 안타까운 마음은 깊어만 갔다. 이 곤충들이 청정논의 인증주자라는 것은 다 알고 있다. 맑은 환경에서만 살아가는 곤충들이기에 오염된 세상에서 강적을 만났으리라는 마음을 지울 수 없었다.

정말 그런 염려를 하던 날부터 병명을 모르는 환자들이 생겨나고 질환 발병률도 높아져 갔다. 작물 또한 병해충 수가 늘고 들판은 해충들의 천국으로 변하고 있었다. 농촌에서 화학약품을 쓰기 시작하면서 땅이 죽어가고 있는 거였다.

그래서 지각 있는 사람들이 나선 곳이 지금 내가 찾은 농촌마을이다. 경남 합천 대목마을에 여러 귀농 부부들이 우리 땅을 살리기 위해 친환경 농사를 시작한 곳에서 오늘날 메뚜기와 함께하고 있다. 이곳 농부들은 친환경 먹을거리 단체인 '부산생활협동조합'의 생산자이다. 소비자로서 종종 짬을 내어 이곳을 찾곤 하지만 그래도 메뚜기와 함께하는 날이 가장 즐거운 시간이다.

녀석들의 질서가 참 아름답지 않은가. 자신의 자리를 알고 찾아오는 일도 그렇고 깨끗한 환경에서 종족보존을 하는 것도 갸륵하다. 초록 잿빛을 띤 메뚜기의 자태도 한결같은 모습이다. 귀향의 기쁨을 누리는지 아니면 튼튼한 체력을 과시하는지 내 어린 날보다 날렵한 동작을 보인다. 토닥이는 소리는 마치 불안에서 해방된 소리 같다. '톡톡 탁탁' 천지를 얻은 듯 평화로운 들녘을 수놓고 있다.

정말 그렇다. 미물일지언정 생명의 소중함은 다 같은 존재다. 사라져가는 삶의 현장을 찾은 기분을 만끽하는 저들의 감정을 어찌 예사로이 넘기랴. 축배와 감사의 잔치마당은 우리 다 함께 누려야 할 기쁨이다. 메뚜기가 뛰고 사람이 뛰는 무대, 참으로 아름다운 풍경 아닌가. 오염된 환경으로 한순간 잊고 지냈던 환희의 함성이 새로운 세상을 만들어가는 시간이다.

이 모두가 구릿빛 피부로 돌아온 지각 있는 농부의 덕분이다. 항상 염려했던 것은 이곳에 정착한 가족들이 도회지에 길들여진 습관에서 쉽게 벗어날 수 있을까. 일반적으로 물과 공기 좋은 곳을 낭만적인 생각으로 찾았다가 도시로 되돌아오는 사람을 많이 보아왔기 때문이다.

그런데 내가 만난 사람들은 새로운 모습의 농부였다. 산성화된 땅을 산천초목 퇴비로 개발해 곤충이 돌아오는 옥토로 만들어 놓았다. 볏짚 하나하나 거름으로 활용되고 있다는 점도 이곳에 와보고야 알았다. 볏짚이 썩으면 토착미생물로 번식하여 그 미생물은 논을 갈아주어 다음 해 우렁이와 함께 병충해를 물리치는 데 큰 효과를 거두게 되는 것이다. 그 노고는 생채기 난 흙손이 말해주고 있었다. 정말 누군가 하지 않으면 이 땅은 영원히 병들고 만다. 그런 염려를 해결해가는 귀농 부부들의 뭉클한 농촌사랑은 우리 모두를 벅찬 감동에 젖게 했다.

그들도 한때는 보드라운 손의 주인공들이었다. 그러나 오염된 세상에선 부질없는 짓이라는 걸 깨달았다는 것을 그들의 표정에서 읽을 수 있었다.

이런 농부들이야말로 이 땅의 생명공동체 주역들이며 만인의 어버이이기도 하다. 특히 수입 농산물이 우리의 식탁을 차지한다는 생각에 더더욱 안주할 수 없었다는 그들의 자신감은 이 시대 금언으로 새겨도 좋으리라.

건강한 생활방식에서 재회한 오늘의 메뚜기를 이제는 우리가 지켜가야 한다. 기술이라는 명목으로 파괴해온 자연도 하루빨리 회복해야 할 일이다. 메뚜기와 함께 사는 세상 그 길이 진정 우리의 살길이며 가야 할 길이다.

시간이 지날수록 녀석들의 식구는 늘어나고 토닥이는 소리는 들판에 큰 화음을 이루고 있다. 이 소리가 우리의 소리이고 살아 있는 소리이다. 참으로 정겨운 농촌 들녘이다.(2004년 10월)

김장 수다

잿빛 들판에 섰다.

수확이 끝난 빈자리는 수면에 빠져든 듯 고요하다. 개울물을 덮은 살얼음은 겨울로 접어들었음을 알린다. 하지만 어느 밭 한 자락엔 통통히 살을 찌우며 푸른 혈기를 전하는 식물이 있다. 추위를 무색게 할 만큼 건강한 모습이다. 엷고 부드러운 잎이 한파에 동사하지 않는 모습은 마치 전란과 가난을 견뎌온 우리 민족성을 대변하는 느낌이다.

청도 언니네 배추밭의 전경이다. 여러 형제와 자식들에게 줄, 속이 꽉 찬 알배기 수백 포기가 한겨울의 운치를 전하고 있다. 보온을 위해 꼭꼭 묶어 준 배추의 모양새가 더욱 그런 느낌을 준다. 옹기종기 모인 파란 항아리는 마치 파란 세상을 꿈꾸는 듯 텅 빈 들녘을 수놓고 있다.

이런 생활에 젖어본 지가 얼마 만인가. 도시생활이 길어지면서 어린 날의 전경을 잊고 살아온 지도 한참 되었다. 반찬의 어른이라 할 만큼 우리 식탁을 차지하는 중요한 식물임에도 불구하고 이렇듯 오랜만에 찾았다는 것은 그만큼 농촌을 멀리했음을 말해준다. 어떤 환경의 변화에도 변하지 않고 맞이해주는 들판의 풍경은 그대로인데도 말이다.

그러고 보니 켜켜이 속살을 채우고 있는 푸른 항아리 같은 배추 속에 조무래기적 재잘거림과 함성도 그대로 남아 있는 것 같다. 포기들을 통해 셈법을 배우며 배추 위를 뛰어넘는 높이뛰기는 다섯 살배기 아이에게는 참으로 스릴 있는 놀이였다. 가지런히 자라고 있는 배추를 따라 걷는 놀이는 질서의 교육임을 미리 알아차리기라도 하였을까. 저들을 만나는 순간 주체할 수 없이 일어나는 감정의 흔들림이 그런 느낌을 준다. 잃어버린 모든 것을 찾은 듯 설레는 기분을 숨길 수가 없다.

배추 뿌리도 여전히 안녕할까? 빠른 귀가를 재촉하던 옛 맛과 굵기도 그대로 간직하고 있는지 얼른 뚝딱 캐보고 싶은 욕심이 인다. '집에 배추 뿌리 묻어 두었느냐?' 누구든 밖에서 집으로 빨리 가고 싶어 하는 사람을 두고 이르는 말이다. 그만큼 당시에는 겨우내 유일한 간식거리였고 맵싸하며 달짝한 맛이 집으로 빨리 가고 싶은 욕심을 갖게 하였을 수도 있겠다. 뒤뜰이나 텃밭에 묻어 두고 긴긴 겨울밤을 나게 하던 투박스러운 배추 뿌리 그 맛 또한 배추 맛처럼 변하지 않았으리라 여긴다.

수확하는 데 걸리는 시간은 족히 서너 시간은 되었다. 리어카로 밀고 당기며 집으로 운반하는 데도 제법 장골 힘을 요구했다. 어릴 적 도회지로 나온 후 힘든 농촌 일을 할 기회가 많지 않았으니 배추의 무게가 노동이 될 수밖에 없었다. 이제는 황량한 들판을 지켰던 배추들은 넓은 마당으로 모셔져 조용히 김장 수다를 기다리고 있다. 그동안 너도나도 익혀 온 김장 박사들을 만나, 자신으로 인해 김치 종주국이라는 이름으로 알려지길 희망하고 있다.

그동안 긴 시간 묻어두었던 꿈과 이상들을 김장 수다를 통해 찾아볼 예정이다. 오랫동안 함께하지 못했던 친지들과 옛날 옛적 김장 수다도 들어보고 더 개발된 비법도 모아봐야겠다. 배달되는 포장 김치에 익숙해진 단조로움 때문에 우리의 미풍양속을 멀리했다는 자성도 하면서 말이다. 그래서 질펀한 수다로 '김치 파이팅! 김치 아자'로 세상 곳곳에 메아리를 남겼으면 하는 마음이다.

무엇보다 오늘날 액젓을 있게 한 수산물 염장기술자들이 참 슬기롭다. 이런 지혜가 없었다면 어찌 우리가 김장 수다를 만날 수 있으랴. 단지 배추가 쌈의 가치로만 여겨질 뿐 저장식품으로는 활용될 수 없었을 게다.

또한 지하를 이용한 보관법도 뛰어난 아이디어가 아닌가. 겨울용 반찬을 땅속에 묻어 두고 초여름까지 먹었으니 결국 지금의 김치냉장고가 그 물림이 되었음을 알 수 있다. 첨단을 걷는 것도 근본은 선조들의 생활방식에서 나온다는 것을 이곳을 찾으면서 새겨볼 수 있었다.

이 지역은 아직도 땅속 김칫독을 이용하는 집들이 있다. 이제는 농촌도 도시시설을 갖추고 있음에도 불구하고 굳이 재래적 방법을 쓰는 것은, 건강과 전통을 중히 여기는 데서 기인한 것이 아닐까 싶다.

좋기야 흙으로 빚은 항아리만 한 것이 어디 있으랴. 땅속 흙 내음과 어우러져 곰삭한 맛이 천연 김치냉장고 역할을 하며 진정 김장의 미각을 전해준다. 그런 지혜가 오늘의 김치라는 기술로 개발되었고 한 끼의 반찬으로 족했을 야채가 일 년 내 식탁의 보배로 자리하고 있는 것이다.

이런저런 기억들을 들추어가며 친지들과 한마당 둘러앉아 수백 포기 김장을 며칠 내에 담글 예정이다. 이날만은 그동안 쌓였던 회포를 풀기도 하고 서로 간의 앙금도 가라앉힐 수 있는 기회였으면 좋겠다. 무거운 절임배추를 이곳저곳 옮겨주는 애처가 남편도 되어보고 힘든 노동이 되지 않을까 걱정해주는 아내도 되어보자. 버무린 김치 죽죽 찢어 입에 넣어주는 정감도 표현한다면 혹여 있을지 모를 반목과 갈등도 김장 수다 속으로 스르르 녹아버릴지도 모를 일이다. 이날만은 시어머니와 며느리, 시누이와 올케 사이도 한마음으로 다져질 수 있는 날이 되리라 여긴다. 그러면 김장 수다의 매력은 따뜻한 인간애로 남을 것이 아닌가.

상부상조란 말을 들어본 지도 한참 되었다. 농경사회의 미덕이기도 하고 한국의 자랑이기도 한데 사회가 분업화되면서 멀어진 단어들이다. 이 단어를 살려 우리의 전통을 이어가는 계기를 만드는 일도 현실적으로 김장 수다라 여긴다. 대부분 노인들이 가구주가 되고 있는 시골의 넓은 집들을 김장철만큼은 함께 모여 수다 자리로 만들었으면 좋겠다.

과거에는 이런 정서가 살아 있었기에 함께 연구하고 고민하는 마음들이 모아졌을 수도 있었다. 그렇게 해서 발효식품이 개발되고 여기까지 온 것이 아닌가. 큰 힘과 큰돈 들여가며 이룩한 일이 아니라 서로 간에 오손도손 나누는 정이 모여 오늘의 김치라는 이름을 얻게 된 것이다.

돌아오는 일요일 날 김장잔치마당이라는 타이틀이, 설렁했던 집들을 꽉꽉 메우게 될 것이다. 그 옛날의 매력에 도취될 만큼 수다가 넘쳤으면 하는 마음이다. 이곳은 벌써 그런 날이 준비되어 있으니 그날은 각자의 솜씨로 맛 자랑할 일만 남았다. 마당 가득 채워질 김치가 눈앞에 그려진다.(2004년 11월)

2
부

친구와 돌나물

습기 진 바위틈이나 언덕 산기슭에 삶의 터를 만들어 가던 나물이 우리 집 화단에 자라고 있다. 어느 식물보다 번식력이 좋아 빈 공간이 있으면 어느새 꼭꼭 채워진다. 뾰족뾰족 생긴 여린 잎들은 약간의 충격에도 상처를 잘 받지만 내면은 강해 외유내강外柔內剛이라는 단어가 어울리기도 한다. 도회지 한가운데 뿌리를 내려도 싱그러운 자태가 그런 생리를 전해준다. 내가 이 나물을 가까이하게 된 것은 소꿉친구 선영이가 간염을 앓고부터였다.

"희야! 오늘은 시장바구니가 20킬로그램만큼이나 무겁게 느껴지니 왜 이렇게 몸에 힘이 빠지는지 모르겠어. 누구든 이 나이가 되면 다 그런 걸까? 잠을 자도 잔 것 같지 않고 거울 앞에 서면 누렇게 마른 내 몰골에 고개를 돌려버리는 횟수가 늘어가고 있으니 말이다. 식욕도 줄고 매사에 의욕도 없으며 누운 자리가 자꾸 편해지니 내 몸에 이상이 생겼을까 괜스레 걱정이 되기도 하네."

이런 전화를 받은 지 일주일 만에 선영이는 간염이라는 진단서를 들고 우리 집을 찾았다. 의사가 적어준 식이요법에는 돌나물이랑 여러 종류가 적혀 있었다. 담배와 술도 전혀 못하는 친구에게 그런 병이 들다니 왜 하필 무던히도 고생을 한 선영이에게 이런 병마가 찾아왔을까. 지난날 그녀의 힘들었던 시간들이 내 기억에서 한 편씩 스크랩되어 다가섰다.

그녀는 열두 살에 어머니를 여의고 네 명이나 되는 동생들의 보호자이자 가장 역할을 해야 했다. 그녀는 견디기 힘든 일도 고생이라 생각할 겨를도 없이 살았다. 선영이의 학교생활은 두 살 된 막냇동생과 함께였다. 칭얼거리는 아이를 어르고 달래며 한 자 한 자 머리에 새겨나가던 친구의 열정은 게으른 학우들에게 분발하는 힘을 실어 주기도 했다. 등에 업힌 아이는 잠시도 의자에 앉는 것을 허락지 않았다. 뒷자리에 서서 아이가 울세라 칭얼거릴세라 가슴 졸여가며 수업을 받는 일이 대부분이었다. 마지막 시간까지 수업을 채우는 일은 극히 드물었으나 성적은 중 상위권을 놓치지 않았다.

동생들 등교 시간을 챙기고 나면 자신은 늦게 학교로 올 수밖에 없었다. 아침밥 거르기는 예사였으며 얼굴에 핀 마른버짐은 그녀의 고된 일상의 징표로 오랜 시간을 함께했다. 자라면서 한 번도 그녀의 고운 손을 본 적이 없었다. 동상과 노동으로 논바닥처럼 갈라 터진 손가락 틈 사이로 내비치던 핏물은 그녀의 눈물을 대신하듯 얼룩지곤 했다.

스무 살에 아버지마저 세상을 떠나면서 그녀의 어깨는 한층 더 무거워졌다. 언제 허리 펴고 맑은 하늘 바라볼 여유라곤 없었다. 상큼한 풀잎과 눈맞춤 해보는 일은 상상도 할 수 없었다. 맛난 음식, 예쁜 옷과 신나는 여행은 남의 일인 양하고 살았다.

결혼마저 7남매의 맏며느리로 하였으니 삶은 당연히 희생으로 이루어지는 걸로 알았다. 자신의 관리는 사치로 여겼다. 베푸는 것을 조건 없는 미덕으로 여기며 살아온 친구를 향한 생각이 깊어지자 지난 시간들이 그녀의 푸석한 얼굴과 겹치면서 돌나물이라는 이름에 마음을 모으기 시작했다.

내일은 고향으로 돌나물을 캐러 가야지. 쌉쌀하면서 향긋한 그 봄나물은 습기 많은 곳에서 아직도 많이들 자라고 있으리라. 그동안 많은 식구가 불어나 푸른 이랑을 이루고 있으리라. 봄 반찬으로 빼놓을 수 없었던 여린 나물이 친구의 간을 치료할 수 있다면 빨리 내 화단으로 모셔 와야지. 그렇게 캐다 심은 돌나물이 2년째 번식하여 그 넓이를 더해 가고 있다. 그동안 뜨물과 산에서 길어 온 물로 정성껏 키웠다. 덕분에 화단에서 기른 나물은 친구가 일용하기엔 넉넉하다.

"선영아! 어제 너희 딸아이 편으로 보낸 돌나물에 '학련초' 또는 '사철쑥'을 함께 달여 먹으면 더 효과가 좋다는구나. 너의 건강이 많이 좋아졌다니 돌나물의 효과를 믿어야 되지 않겠니? 우리 집 화단은 돌나물 천국이 되어가고 있단다. 가녀린 줄기로도 많은 식구를 생산해내는 그들의 기운을 보면서 너의 힘찬 발걸음을 기대한단다."

"희야! 나 하나 고생하면 모두가 편안해지는 걸로 여겼던 게 어리석었음을 건강을 잃고 나서야 알게 되었어. 나의 체력이 곧 가정의 행복인데 말이야. 바로 돌나물의 생리가 우리의 인생을 가르쳐주고 있다는 점을 이제야 알 것 같네. 그동안 너무 자연을 멀리하고 살아왔다는 것도 다시 깨닫게 되었고. 이미 가공식품들로 넘쳐나는 우리의 식탁도 나의 건강을 잃게 하는 큰 원인이 되었겠지. 일회용 컵라면을 즐겨 먹으면서 돌나물의 푸른빛을 멀리하였으니 나의 간이 검게 탈 수밖에 없지 않았을까 하는 마음이야."

"희야! 옛날 머슴들이 돌나물 반찬을 잘 먹지 않으려 했다는 이유를 이제야 알 것 같네. 너무 소화가 잘되어 빨리 시장기를 불러오니 그 고충도 컸을 게 아니겠어. 당시에는 배고픈 일이 아주 큰 설움이었으니 말이야. 남편과 아이들마저 요즈음은 소화가 잘된다고 야단들이야. 우리 식탁은 주로 돌나물 반찬이거든. 초고추장 무침은 밥 비벼 먹기가 그만이고 물김치의 맛은 두레박으로 갓 길어 올린 우물물만큼이나 시원한 맛을 준단다. 그리고 즉석 김치는 어느 식탁에서도 잘 만날 수 없는 별미 중에 별미가 아니겠어. 아마 도시에서 자란 사람들은 잘 모를 거야. 이제는 돌나물을 우리 식탁의 보약처럼 자리하도록 해야겠지? 좀 더 과학적인 연구도 필요하다 싶어. 우리 좋은 지혜를 한번 짜보자꾸나."

돌나물은 거의 환경을 가리지 않는 편이다. 도시의 시멘트 틈 사이며 습한 바위틈 사이에도 자란다. 어디서 흙을 끌어올리는지 육안으론 보이지 않는다. 연약한 줄기가 돌 숲을 만들어내는 걸 보면 그 힘에 놀라지 않을 수 없다. 조금이라도 거칠게 다루면 금방 멍이 드는 식물이다. 그러나 내면은 쉽게 상처를 입지 않는다. 치유가 빠르며 이내 원상 복귀하는 모습을 볼 수 있다. 냉장보관이 어느 나물보다 오래가는 것을 보면 그 강인함이 드러난다.

선영이의 삶이 그랬다. 스러질 것 같지만 스러지지 않았고 잃었던 건강도 회복이 되었다. 아파보면서 새로운 역할을 깨달았고 더욱 강건해졌다. 돌 틈에서도 삶의 터전을 일구어내는 돌나물의 성질을 선영이가 역력히 대변해주었다. 돌나물의 강인함을 이제야 알 것 같다.(2005년 4월)

원두막

콘크리트 건물에 익숙해져 있는 우리가 목재로 만든 집을 만난다는 것은 흔치 않은 일이다. 말끔히 닦아놓은 마루에는 카세트와 여러 권의 책이 놓여 있고 통나무 기둥에는 진흙이 제법 묻어 있는 농기구들이 나란히 걸려 있다. 얼마 전까지 누군가 있은 듯한데 주인은 보이지 않았다. 혹여 일행들에게 쉴 자리를 비워준 것인지 아니면 잠시 출타 중인지 빈 공간에는 넉넉한 인심이 배어나는 듯했다.

비탈밭의 원두막을 만났다. 도시의 야산에서 어린 날의 추억을 고스란히 전해주는 쉼터를 만난 것이다. 민가와 제법 먼 거리며 오르막도 수월치 않은 산이었다. 이런 곳에 자리를 마련하자면 생태에 큰 관심 없이는 시작하기 어려운 일이다. 도랑물도 넉넉지 않은 편이었는데 알뜰살뜰 심어둔 먹을거리는 주인의 농심을 말해주듯 얌전히 제 몫을 다하고 있었다.

과거의 원두막도 꼭 밭의 지킴이로서만이 아니라 길손에게 휴식처로 함께했다. 지금은 여가 선용이라지만 여유가 있다는 이유만으로 옛 삶의 자리를 찾는 것도 쉬운 일은 아니다. 개간을 통한 자연훼손이라는 법적인 제약도 받을뿐더러 육체적 노동에서 멀어진 습관은 이런 생활과는 거리를 두게 한다. 이러니 가파른 산을 개간하여 향수에 젖게 해준 님의 배려가 고마울 따름이다. 우리 모두 이런 뜻으로 물질의 가치를 둔다면 좀 더 넉넉한 삶을 만날 수 있을 텐데 편리에 익숙해진 현실은 그렇지 않다.

텃밭에는 토마토와 피망이랑 앵두나무 등 갖은 먹을거리가 주인의 마음을 전해주고 있었다. 진정한 웰빙 현장이다. 깨끗한 텃밭에서 자란 먹을거리는 어떤 맛일까. 궁금해하는 일행들에게, "한 잎이라도 떼어 가면 나한테 혼날 줄 알아" 어릴 적 원두막 주인 행세를 하는 시늉도 보였다.

어린 날의 과수원집 아이는 부러움의 대상이었다. 과일이 흔하지 않던 시절의 원두막 주인은 동네 부자 측에 들어야 가능했다. 누구든 그런 집 친구가 짝이 되기를 원했고 다행히 단짝이 되는 날은 새로운 쉼터를 하나 얻게 되는 셈이었다. 나에게도 그런 행운이 주어져 원두막 주인 딸을 동무로 두게 된 적이 있다. 어느 날은 주인처럼 복숭아 서리하는 남자 녀석들을 친구 부모에게 고하는 경호원 역할도 하였다. 덕분에 얼음같이 차가운 샘물에 담가둔 복숭아를 먹는 행운도 누렸다.

어떤 때의 이곳은 가족으로부터 해방되는 피신처이기도 했다. 부끄러운 성적표를 받던 날, 또는 아버지의 술주정에 밤잠을 설칠 때 전등이 되어주는 달빛과 함께 이곳에 머무는 날이 많았다. 소곤대는 밤하늘의 별 친구들은 어찌나 정겹던지 세상 동무를 다 얻은 듯했고, 극성스러운 모기들이 내 얼굴에 잔치 마당을 펼쳐도 성가시지 않았다. 당시의 밤도깨비 출현은 우리들에게는 공포였지만 풀벌레들이 원두막 식구가 되어 주었기에 무섭지 않았다.

나는 그들과 함께 사회성을 키웠을 수도 있겠다. 낮은 학과점수에 실망하던 가족들의 관심이 부담스러웠지만 책임감을 느꼈고, 가정의 안락을 지켜주지 않던 아버지가 밉지만 새로운 가정을 꾸려갈 꿈도 가졌다. 꼭 우등생으로 성공하여 우등생 남편을 만나 지금의 환경에서 벗어나겠다는 계획과 설계도 있었다. 그런 각오가 실현되지 않았을지라도 그날의 다짐들이 작게나마 오늘의 나를 발견하는 시간으로 남았으리란 생각도 해 본다.

내가 지금껏 혼자 있기를 좋아하는 이유도 분명 원두막 정취에 길들여진 습관이지 싶다. 무엇보다 잡다한 일상에서 벗어나 사색의 힘을 키우기에는 더없이 좋은 장소였다. 과일들의 변화과정을 보며 자연의 신비함에 감동했고, 그 혜택 속에 스스로 삶을 만들어가는 생물들의 의지를 보며 마음의 그릇을 키울 수 있었다.

원두막 주인의 후덕한 인상이 다시금 그려진다. 험한 산을 개간하여 이만한 생물을 경작하기까진 무엇보다 지난날 향수를 잊지 못하였으리라. 편리하지만 각박하고 풍족하지만 오염된 지금의 생활들이 그를 원두막 주인으로 다시 서게 하였는지 모른다. 그래서 그 옛날 서리의 정서도 맞이하고 길손에게 추억을 되찾아주는 도시의 농부라는 이름으로 자원하였을 수도 있겠다. 더구나 자신이 가꾼 먹을거리들을 이웃 친지들에게도 나누어 풍성한 식탁을 마련해준다면 더없이 좋은 기회가 아닌가.

갖은 푸성귀는 도시농부의 체취를 사랑하듯 맑은 빛을 발산하고 있다. 어디서 숨어 우는지 풀벌레들의 찬가는 그 옛날 원두막의 정취를 한껏 전해준다. 여린 가슴 설레도록 다독여주던 기억 속 녀석들의 노래가 얼마나 그리웠던가. 까닭 없이 슬퍼지고 이유 없는 반항을 하다가 그들의 향연 앞에서는 편안한 기분에 빠져들곤 했다.

도시화된 지금은 어디서 이런 환경을 만날 수 있을까. 손님이 사 온 사탕을 몰래몰래 숨겨뒀다 원두막 집 아이와 복숭아로 바꿔 먹던 시절도 되돌아갈 수 없는 시간 속으로 묻히고 말았다. 언제 이런 원두막 주인이 되어볼까 기대와 바람으로 긴 시간을 기다리던 작은 소녀의 꿈도 한 조각 아련한 영상으로만 남아 있다.

이제는 이곳에서 그동안 잊고 살았던 지난 시절을 찾아볼 생각이다. 침 삼키며 복숭아밭을 기웃거리던 우석이도 만나고 서리꾼으로 이름났던 강우도 기억해야겠다. 당시의 풀벌레 친구들과 밤하늘의 식구들도 초대하여 하나의 원두막으로 태어나는 나를 발견할까 보다. 그래서 누구든 고단한 삶으로부터 벗어나는 일탈의 장소로 이용하는 자리가 되었으면 좋겠다.

참으로 원두막 같은 세상이 그리운 때이다. 언제 어느 때든 생활이 힘들 때는 주저 없이 머물고 싶고 어린 가슴에 봄볕으로 다가서는 그런 원두막으로 말이다. 무엇보다 현대문명 속에 잃어버렸을 수도 있는 순수한 마음에 풋풋하고 싱그러운 향내를 전하는 원두막이었면 좋겠다. 과일과 함께 영글어 갔던 내 꿈을 하나의 원두막이라는 이름으로 남기고 싶은 것은, 불가마 같은 땡볕 더위도 한줄기 시원한 바람으로 가슴팍 땀방울을 식혀주던 그 고마움이 있어서이다.(2005년 7월)

잡초

뽑아도 멈추지 않으며 비 온 뒷날은 더더욱 활기가 넘친다. 소리 없이 돋아나 눈 깜짝할 사이에 커버리는 생명력은 누구에게나 원망받을 만큼 대단하다. 사실은 주인의 자리를 차지하는가 하면 지켜주기도 하는 필요악으로 불리는 존재에 가깝다. 어느 것이 그렇지 않겠는가마는 특히 이 식물은 그 가치가 더 큰 편이다. 또는 우리들의 삶이 가장 지칠 때 위안의 대상으로 다가오기도 한다. 어떤 경우에는 활력소가 되어 재기의 기쁨을 누리는 기회를 줄 때도 있다. 그만큼 강하다는 이름으로 표현되는 식물이다.

잡초 이야기다. 경작지를 찾아 풀 뽑기를 할 때면 놈들의 역할이 크게 느껴진다. 재배작물에 비해 우선 튼실하고 힘이 셀뿐만 아니라 훨씬 빠르게 자란다. 번식력은 말할 것도 없고 갖은 벌레들의 서식처로도 활발하다. 사람이 부지런하지 않을 땐 한마디로 작물은 잡초들의 먹이가 된다.

특히 볏논에 피를 뽑아보고 정말 놀랐다. 벼보다 클 뿐만 아니라 먼저 뿌리를 내린 놈은 땅속 깊이 침투하여 벼 주위를 철저히 차단하고 있었다. 바람 한 점 스며들 공간이 없다 할 만큼 꽁꽁 얽어매고 있었다. 주객이 전도된 형편이랄까. 벼들의 삶이 불쌍하다는 생각도 들었다. 만약 피만 뽑아내다가는 벼가 모조리 뽑힐 상황이었다. 결국 낫으로 놈들의 잔뿌리를 조심조심 자르는 수밖에 없었다. 어르고 달래듯 가만가만 다가섰다. 뽑힌 뿌리와 줄기들은 작물에 비해 놀라리만치 튼실하고 빛깔마저 선명했다.

잡초같이 질긴 놈이란 말이 이래서 생긴 걸까. 온갖 풍상을 겪고 살아야 할 그들에겐 강인한 뿌리를 내리는 일만이 최선의 길이었을까. 어떠한 악조건에도 물러서지 않는 불굴의 의지만이 자기를 지킬 수 있음을 단단히 보여준다. 누구의 보살핌 없이 스스로 태어나고 자라야 하기에 질기지 않으면 안 되는 게 그들의 삶인 것 같다.

식물세계의 사랑이란 단어를 생각해본다. 보듬고 안아주며 이끌어주는 인간세계와 같은 애정을 말이다. 가족과 같은 울과 연인처럼 사모하는 마음과 친구 같은 우정이 있었더라면 이처럼 모질게 질기지는 않았을 터이다. 굳이 해충들의 서식처를 만들어가며 인간들의 먹을거리를 향해 집요한 번식을 꿈꾸지도 않았을 것이다. 허허로운 가슴을 채우기 위해 똘똘 뭉치고 고집으로 살아내는 일만이 최선의 방법이었을 수도 있겠다. 무엇보다 목숨을 지키는 일이 우선의 목표일 뿐 어떤 인정과 동정은 아랑곳하지 않았지 싶다. 우리들의 삶에도 이런 경우를 흔히 본다. 질기게 살아가는 사람들을 잡초에 비유하는 경우가 그렇다.

하지만 어찌 그런 존재로만 여기겠는가. 이 세상 모든 만물은 나름대로 어떤 필요와 의무를 띠고 태어났다. 분명 누군가에게 활력소가 되어주는 점도 많이 있다. 폭우로 인해 흘러내리는 산비탈의 흙을 뿌리로 막아주는 역할은 잡초들이 한다. 자욱한 잎들이 모여 건조한 날 바람에 흙먼지를 일으킬 때 피해를 줄여주는 작용에도 역시 잡초가 한몫한다. 또는 튼튼한 뿌리를 내려 진흙땅을 갈아주는가 하면 습도를 조절하는 기능을 발휘하는 능력도 있다. 이렇듯 귀찮게 여기던 잡초가 오늘의 밭을 지키는 데 나름의 역할을 해온 것은 사실이다.

그뿐인가. 어느 날 도저히 피해 갈 수 없는 삶의 고비에 섰을 때 연약한 풀 이파리가 가져다주는 위로는 여간 대견스럽지 않다. 천둥 번개와 비바람이 몰아치는 악천후 속에서 건강한 뿌리를 지켜내는 의지와 스러져 다시 일어서는 강한 생명력이 인간의 힘을 능가한다는 점도 그렇다. 어쩌면 우리에게도 이런 들풀 같은 삶이 있어 의지와 인내라는 단어에 익숙해졌을지도 모른다.

내가 농촌을 자주 찾는 이유 중 하나도 잡초들에게 배울 수 있는 동질성과 동반자적인 삶이 있어서이다. 뽑은 자리가 일주일을 채 비워두지 않을 정도로 쑥쑥 올라와 불청객 노릇도 한다. 하지만 분명 필요악이라는 사실에서 떠날 수 없게 만든다. 반겨주는 이 없어도 끈질기게 살아내겠다는 집념에서 많은 것을 배우게 된다.

실은 잡초만큼 많은 핍박을 받는 생명도 잘 없지 싶다. 수 없이 밟히고 찢기고 뿌리까지 난타당해도 끝까지 생명줄을 이어가는 게 잡초들이다. 돌 틈 사이에도 자신의 존재를 지킨다. 만물에게 생명의 존귀함을 알리고 가르치는 주인의 역할도 톡톡히 한다. 이들 앞에서는 포기라는 단어를 쓰기가 참 부끄럽게 느껴진다. 누구든 살아오면서 인간관계, 경제적 문제, 건강 등 많은 난제가 겹칠 때면 잡초 앞에 서볼 일이다.

이제는 정말 잡초라는 이름에 새로운 뜻을 부여해보고 싶다. 분명 누군가에게 쓰임이 있기에 그 자리로 보내졌고 또한 제 몫을 치르고 있다. 그런 만큼 그 향기를 사랑하고 기쁨을 얻는 사람도 많이 있을 게다. 단지 보이지 않는 혼에다 꽃은 꽃의 모양과 잡초는 잡초 모양의 옷을 입었을 뿐 어떤 임무를 띠고 세상을 빛내며 가꾸어가고 있는 것은 사실이다.

비록 뽑힌 잡초들은 어느 날 사라지겠지만 후손들은 끊임없이 태어나고 다시 또 잡초라는 이름으로 세상을 이어갈 것이다. 제초제란 약으로 자신들을 죽였다 하지만 뿌리는 황무지를 막는 데 기여할 것이며 많은 생명들에게 용기와 희망의 주인으로 살아갈 그들이다. 누구에게든 아픈 영혼의 치료제로 자리하며 언제나 힘겹다 싶을 땐 자기 곁에 서보라는 충고도 망설이

지 않을 것 같다. 생명의 힘이 얼마나 질기며 경건한가를 온몸으로 보여주겠다는 의지를 말이다.

그리고 농장 주인에겐 제발 부지런해보라는 너스레도 떨지 싶다. 애써 가꾼 작물을 향해 욕심 부리는 자신들을 억제하는 일은 열심히 뿌리 자체를 뽑아내는 일이라고. 그리한다면 더 웃자라 작물을 해치는 일도 적을 것이며 조용히 땅 밑에 있는 듯 없는 듯 살아가겠다는 약속을 예쁜 몸짓으로 보여줄 것도 같다.

우리 모두 잡초 같은 인생을 살아볼 일이다. 뽑히고 스러져도 질기고 억센 힘으로 다시 태어나고 일어서는 그중에도 힘이 센 잡초이면 더욱 좋겠다.(2005년 7월)

모내기

"다섯 개에서 여덟 개의 어린 모 한 묶음을 엄지 검지, 손가락으로 분리해가 심으이소. 줄기가 상하지 않게 뿌리 쪽에 힘을 주고 모판에서 모를 잘 떼내야 하거든! 그 모를 똑바로 세우고 논바닥과 수직이 되도록 천천히 내려 2~3센티 깊이로 심어야 하는 거여. 줄을 잘 잡아줘야 하고 줄에 찍힌 빨간 점을 따라 심어야 못줄이 똑바르게 되는 것이지."

여든이 넘으신 할머님의 말씀이다. 보았을 뿐이지 직접 해보는 기회는 적었으니 허둥대는 것은 사실이다. 여덟 개 심으라한다고 세어가며 심는가 하면 어림짐작으로 빠르게 떼어 심는 사람도 있다. 어떤 이는 못줄의 점에서 조금만 어긋나도 다시 심느라 고심한다. 이런 풋내기들을 보며 할머님은 그저 박장대소하신다. 철부지 농군들이 어찌 우습지 않겠는가. 한 마지기 논을 그렇게 심는다면 하루는 족히 걸릴 수 있으니까. 그만큼 우리들이 농사의 수고를 몰랐음을 말해준다.

경남 합천 대목마을 친환경 생산지를 방문한 날이다. 일손 부족과 고령으로 농촌이 사라져가고 있음을 알지만 자주 찾는 것도 쉬운 일은 아니었다. 누구나 걱정을 하면서도 참여에는 주저를 하는 편이다. 하지만 이곳에는 그 힘든 일을 실행한 몇몇 귀농 가족들이 현실을 극복해가고 있다. 이제 시골 살림은 나이 든 사람들의 몫으로 남겨져 있고, 일반적으로 그럴 수밖에 없음에도 불구하고 젊은 농부들이 이곳을 지켜나간다는 것은 고마운 일이다.

막상 뜻을 펼치려 농토를 마련하였건만 일손 문제가 큰 고민이라 했다. 정말 그랬다. 모를 심어야 할 논들은 물만 담겨진 채 곳곳에 남아 있었고 덩그런 빈집들이며 설렁한 들판이 이들의 고충을 말해주고 있었다. 기계 모를 심는 덕에 일손은 줄었지만 워낙 사람이 없으니 부족하기는 마찬가지란다.

우리가 손 모내기를 시작하게 된 것은 '부산생활협동조합'이라는 도농 교류의 한 단체가 형성되면서부터이다. 이런 경험을 통해 농촌을 알게 하고 단합이라는 공동체 의식을 일깨우는 계기를 만들자는 취지였다. 생산자와 소비자, 농촌과 도시를 함께 이어가기 위해 발족된 조합원들이 까마득히 잊고 있던 농군 시절을 아이들과 함께하고 있는 것이다. 처음 경험하는 아이들은 교과서를 통해 보아오던 농촌의 실정에 호기심은 물론 큰 관심을 기울이고 있다.

자라는 세대들에게 쌀이 생산되는 법도 가르치고 노동의 가치도 가르치자는 게 우리의 목적이었다. 어른들 역시 우리 농촌을 아끼는 목소리를 갖자는 뜻도 담겨 있다. 그리하여 진정 도 농 교류의 장을 열어가는 계기를 만들자는 생각으로 오늘의 모내기 현장을 마련하였던 것이다.

못줄을 넘길 때마다 '어이'라는 농부들의 가락을 외치고 있다. 그 뜻이 무엇인지 모르고 힘찬 목소리로 합창을 했다. 소리에 손 맞추어 줄을 넘기면서 이쪽저쪽 보내는 신호음이라는 것을 알았다. 서툰 실력으로 지난날 농촌을 찾아가는 우리들을 보며 동네 어른들은 힘찬 박수를 보냈다.

누가 더 많이 심는지 경쟁의 불도 붙었다. 동작이 빠른 이는 느린 상대에게 농담 섞인 질타와 독려도 보냈다. '어이 어이'라는 목청 높이기에도 힘을 보탰다. 미끌미끌한 진흙 속에 한 명도 미끄러지는 일 없이 잘 진행되었다. 자칫 빠지는 날엔 흙탕물에 목욕을 하게 되는 셈이다.

혹여 다리가 찰거머리의 잔치마당은 되지 않는지 수시로 왼발 오른발 들어 확인했다. 사람의 피를 빨아먹어 미꾸라지처럼 커진 놈이 기억에 남아 있기 때문이다. 이상스레 예전보다 토질이 오염된 탓인지 그 많던 놈들은 보이지 않았다. 처음보다 제법 숙달된 솜씨로 못줄은 잘도 넘어갔다. 아이들의 환호성은 하모니로 이어졌으며 흥에 겨워하시던 할머니는 농부가를 구성지게 불렀다. 우리 모두 함께 불렀다.

"얼럴리 상사디야/ 어여루 상사디야/ 한일자로 늘어서서/ 입

구자로 심어갈제/ 이내 말을 들어보세/ 어에어에 에헤루 상사디야."

엉덩이를 흔들며 우리의 몸과 마음은 더 넓은 연둣빛 들판을 만들어갔다. 열네 명이 두 시간에 2백여 평(한 마지기)을 심었으니 신이 나고 흥이 날 만도 하다. 동네 어르신들의 박수와 격려 속에 아마추어 농군이라는 생각도 싹 가셔버렸다. 바람에 살랑대는 모들마저 잘 자라겠노라 합창을 하는 듯 훈기가 돌았다.

다음 달에는 우렁이를 넣으러 이곳에 와야겠다. 그때는 짙은 초록 물결로 반길 모를 생각하니 한껏 마음이 부풀었다. 넉 달 뒤에는 우리의 손으로 수확을 하게 되면 벼의 인생은 '여든여덟 번 손길과 마음 길'이라는 농부의 뜻도 헤아려볼 것 같다. 자나 깨나 노심초사 애지중지 자식 돌보듯 정성을 쏟는다는 뜻이다.

과거에는 항상 이런 정서가 살아 있었다. 품앗이로 협동정신과 친목을 다지며 자연과 함께했다. 농민들은 떠나는 사람 붙잡지 않았고 오는 사람 막지도 않았다. 학력과 학벌, 나이와 성별도 가리지 않음은 물론이다. 곡식을 재배하는 마음, 오직 자연을 배우는 겸손한 자세만이 농민들의 미덕이요 삶이었다. 잠시 일일 농부로 활동하며 느낀 바이지만 우리들의 생활도 농사를 짓듯 경작을 한다면 단절된 인간관계를 회복할 수 있을 것 같다.

한바탕 모내기를 하고 난 후 내 손과 발톱에는 흙물이 배었다. 이제 이 흙빛 속에 우리 농경사회의 애환을 새겨볼 생각이다. 일 년 수확 8할을 지주에게 바쳤던 소작인들의 한숨도 들어보고, 항의하다 주인의 도끼에 죽어간 이웃 아저씨의 비명도 기억해야겠다. 주린 배 더 주려가며 작은 땅뙈기 마련한 감격에 뜨거운 눈물을 흘렸을 소박한 한 농부의 아내도 만나야겠다. 그리하여 제법 농토다운 농토를 마련하였건만, 어느 날 밀려드는 수입 농산물에 실망할 수밖에 없었던 그들의 아픔도 함께 나누어야겠다. 내 마음은 벌써 황금 들녘으로 달려가고 있다.(2006년 6월)

어느 노부부

메~애~헤 메~애~헤!

대견하고 사랑스럽다 못해 신기하기까지 하다. 4차선 도로에는 차량들의 소음이 쉴 새 없이 이어지고 24시간의 가로등 불빛은 숲속의 어둠을 침투하는 가까운 거리에 있다. 풀벌레의 울음도 친구가 될 수 없는 현대적 이기가 꽉 들어선 동네와 인접한 낮은 산자락이다. 그럼에도 불구하고 반지르르 윤기 흐르는 녀석들의 검은 자태는 귀엽기만 하다. 공해는 마치 저희들이 다 정화한 듯 맑고 깨끗한 모습이다. 주로 산촌에 자라는 동물로 여겼지 대도시 산자락에 살고 있으리라는 생각은 하지 못하였다. 한두 번 등산길을 이용하면서 대로에서 20분 거리에 있는 한 농장을 알게 되었다.

부산에서 꽤 높은 금정산 상계봉 아래 이 고장 최대의 불교문화 유적지를 자랑하는 만덕사가 있다. 그 절 뒤편에서 선친의 가업을 이어받아 농장을 운영하는 어느 노부부를 만났다. 40여 마리의 염소와 10여 마리의 닭과 4마리의 개를 기르는가 하면,

배설물로 퇴비를 만들어 갖은 야채들을 경작하는 전형적인 농부를 만났던 것이다. 교육공무원에서 정년퇴직한 부부는 조상이 물려준 땅을 묵혀둘 수 없었단다. 이 터전에서 5남매 자식들의 삶을 일구었던 부모의 은혜를 생각하면 정년이라는 이름에 마침표를 찍을 수 없었다고 했다.

그 일이 어디 쉬운 일인가. 수십 년을 도시에서 살아온, 그것도 여든을 바라보는 나이였다. 자체에서 부족한 퇴비는 판매농장을 통해 마련해야 한다. 그 퇴비를 지고 산길을 올라야 하고 얼굴이 붓도록 땀에 전 노동은 여간한 효심으로는 인내하기 어려운 일이다. 하지만 노부부의 얼굴은 밝았다. 부모에 감사하는 마음과 누군가에게 깨끗한 농산물을 제공한다는 보람으로 노동의 고달픔을 잊는 듯했다.

무엇보다 가축과 함께하는 일이 즐겁단다. 외출에서 돌아오면 반갑게 주인을 알아보는 게 그렇고, 출타 시 배웅하는 표정에서 가족 같은 정을 느끼기도 한단다. 새끼를 낳을 때는 새로운 식구를 맞이하는 듯 기쁘고, 늙은 놈을 떠나보낼 때의 그 깊은 정은 한동안 떨쳐내지 못해 애를 먹는다고 했다. 동물과도 이렇듯 사람처럼 교감할 수 있다는 것은 참으로 아름다운 일이 아닌가.

나도 농장을 찾을 때마다 동물들의 생활을 관찰하는 기쁨을 얻고 있다. 집단생활을 하는 저들의 세계를 관찰할 수 있어 참좋은 경험을 하는 셈이다. 아침 10시경이면 제일 큰 수놈이 앞잡이가 되어 먹이를 찾아 산을 오른다. 40여 마리가 질서정연하게 줄을 지어 마치 군령을 맞추듯 앞잡이를 따른다. 그 모습은 정말이지 성스러운 장면에 가깝다. 한낮 내내 금정산 일대를 누비며 동백나무, 후박나무 널브러진 약초들을 먹고 해거름이 되면 집을 찾아온다. 한 마리의 동료도 빠뜨리지 않고 까만 행렬을 이루고 하산을 하는 것이다.

한 집단 속에도 제 가족은 따로 있어 보였다. 사람 세계로 말하면 동네를 이루고 살지만 자기 식구가 있듯이, 여러 마리 중에서도 꼭 제 어미를 찾아 젖을 먹고 어미는 자기 새끼를 찾아 젖을 먹였다. 행여 어미가 늦게 돌아오는 날은 그 새끼는 어미를 찾느라 계속 울었다. 어미 또한 새끼가 이탈이라도 하는 날은 자식을 부르느라 밤잠을 설쳤다. 그러다 상봉을 하게 되면 서로 비비고 어미 등에 기어오르며 반가움의 표현은 대단했다.

자식과의 관계에서는 분명 어미 몫이 훨씬 큰 것 같았다. 즉 아버지는 따로 없어 보였다. 수놈은 전체 생식의 주인이며 모든 어미의 지아비이고 새끼들의 아버지이자 무리를 이끄는 통솔자였다. 동물세계에도 힘의 논리가 성립되고 있음을 알 수 있었다.

동지들 간의 정리도 대단하였다. 함께하던 친구가 건장한 사람 손에 끌려가는 날은 시름을 견디지 못해 가출까지 한다. 더구나 한 번 떠난 친구는 다시 돌아오는 예가 없으니 궁금증과 두려움을 갖기보다 차라리 집을 떠나는 게 편했는지 모른다.

바위를 좋아하는 녀석들에겐 무엇보다 바위가 잠자리 해결이 된다. 넓은 곳을 찾아다니며 새끼도 낳고 한 달 이상 산에서 생활을 한다. 그러다 식구가 불어나면 동지가 떠난 빈자리도 채워지는지 길러준 주인을 찾아오는 것이다.

이런 예가 있으니 좀 덜된 사람에게 짐승보다 못하다는 말을 하나 보다. 이성적으로 판단할 수 없는 한 마리 동물도 저토록 감동적인데 하물며 인간이야 더 말해 무엇 하랴. 생각하고 느낄 수 있다는 것만도 축복인 것을.

녀석을 몇 번이나 쓰다듬으며 나 자신을 돌아보았다. 어떤 경우에는 지금의 염소보다 못한 짓은 하지 않았는지. 아니 불순한 마음은 품지 않았는지 나도 모르게 아기 염소를 내 아이 품듯 꼭 껴안았다. 말 못하는 짐승으로 태어나 이 세상에 잠시 살다 가며 사람들을 훈도하는 너희들이 진정 만물의 영장이라고! 아니 내생來生에는 꼭 훌륭한 사람으로 환생하여 그동안 마음에 담아 두었던 한 맺힌 슬픔들을 세상을 향해 풀어 보라고 전하였다. 떠나간 동지들도 찾아, 못다 한 정 다시 나누며 헤어지는 아픔을 겪지 말라는 마음을 보냈다. 지금의 너희처럼 한 마리 동물로 살아가는 친구들에게 꼭 따뜻한 교감을 잊지 말라는 뜻도 당부하였다.

일반적으로 귀향이라 하면 도회지에서 먼 산촌을 생각하지만 지금의 노부부는 대도시에서 농촌의 전경을 전해주고 있다. 노부부가 어린 시절만 해도 무서운 산짐승이 살 만큼 깊은 골짜기였다니 개발이 늦은 이유로 오늘의 고향을 만날 수 있음이 큰 다행이라 하겠다. 농촌과 도시가 공존할 수 있다는 것도 이곳에 서면 그 깊이를 알게 된다.

오늘따라 노부부의 삶이 이 세상 어느 부자 부럽지 않은 마음의 스승으로 다가온다.(2006년 7월)

석두산 가족

어느 못된 녀석이 이리도 알뜰히 갉아먹었을까. 앙상한 줄기만 남은 난쟁이 시금치가 애처롭다 못해 안타깝기까지 하다. 요모조모 살펴보지만 해도 너무했구나 싶을 만큼 줄기만 남겨 놓았다. 사방이 산이라 먹을 것도 있을 법한데 사람의 손이 간 먹을거리에 입을 대다니 온전히 자기 속만 채운 녀석들이 밉기만 하다. 어떤 녀석일까 밭고랑에 찍힌 발자국을 살피며 범인을 점치기도 하였다. 웬지 고라니의 소행일 것 같다.

경주 산내면 '석두산!' 돌석石자에 머리 두頭자 즉 돌이 많아 석두산이라 지었다는 해발 700미터의 산꼭대기를 찾은 날이다. 달랑 한 집이 정착하여 가꾸어 둔 시금치에 녀석들이 그렇게 장난을 벌여 놓았다. 제 입에 달다는 이유로 사람의 노고는 생각지 않다니 '에끼! 요놈들 보이기만 해봐라 내 그냥 두지 않을 테다' 사방을 두리번거리는 극성도 부렸다. 육중한 돌덩이를 들어내고 만든 밭인 줄 고라니 녀석들이 어찌 알까마는 그래도 너무했다는 생각에 한동안 미운 마음이 가시지 않았다.

그러나 주인은 내 마음과는 달리 녀석의 장난질을 웃음으로 받아들였다. 아마 영민한 녀석들이어서 시금치에 철분이 많은 줄 알고 그랬을 것이란다. 더러 저지레를 하는 짐승들이 귀여울 때가 많다는 부부의 얼굴은 천진스러울 만큼 해맑아 보였다.

정말 그랬다. 청정한 공기를 벗 삼아 꽤 넓은 산을 개간해 친환경 먹을거리로 도시인들의 밥상을 책임지는 부부가 아닌가. 어찌 어린아이의 순수한 빛이 나타나지 않으랴. 생명의 귀함은 짐승도 사람과 다를 바 없거늘 그저 한 식구로 생각한다는 부부의 생존철학은 뭉클한 감동을 주기에 충분했다.

지금의 부부는 비영리법인체인 '생활협동조합원'들의 먹을거리를 책임지는 생산자이다. 이곳에서 삼마, 야콘, 블루베리, 꾸지뽕, 오디, 산나물 등 이 지역이 아니고는 쉽게 경작할 수 없는 작물들을 키우고 있었다. 생활협동조합으로 공급을 하면 조합에서 소비자들에게 판매를 하는 즉 도농 교류를 실천하는 사람들이다.

지금껏 조합원으로서 생산지에서 배달되는 것을 먹으며 이곳이 참으로 궁금하던 터였다. 멧돼지가 고구마를 캐 가고 산토끼가 뛰어노는 곳, 낮게 깔린 구름이 맑은 하늘을 감싸는 터전에서 살아가는 산나물들이 참으로 보고 싶었다. 오늘에야 뜻을 이루면서 석두산의 동, 식물들이 내 상상 속 모습을 전해주고 있어 감명을 받았다.

정말 돈으로 살 수 없는 환경이다. 무엇보다 참나물, 취나물, 부지깽이 등 마른 덤불 사이로 고개를 쏘옥 내미는 산나물들을 만나 반가웠다. 4월의 계절에 맞게 독특한 향을 전해주고 있었다. 자연채취가 어렵게 된 현실을 무색게 하듯 서로 어깨 겨루며 자리를 차지하려는 부지런함도 보였다. 오랜 세월을 지나와 기억에서 퇴색될 만도 하련만 막상 만나니 어릴 적 모습이 또렷이 되살아났다.

이런 나물을 채취하기 위해 그동안 산길을 참 많이도 오르내렸다. 보자기로 만든 앞치마와 배낭은 해거름이 될 즈음이면 큰 보퉁이를 만들어내었다. 어쩌면 당시의 산길은 우리들에게 운동장처럼 자유로운 길이었는지 모른다. 열세 살 아이에겐 즐거운 망아지일 때도 있었지만 고달픈 노동이기도 했다. 그러나 나물들이 가진 향에 취하다 보면 어느새 그 맛에 빠져들고 만다. 그렇게 봄내 채취한 나물은 일 년 묵나물로서 궁한 식탁을 채워주었다.

어릴 적 유달리 독특한 향과 형태로 호감을 끌게 하더니 수십 년이 흐른 지금도 변함이 없다. 바로 참나물이다. 톱니를 가진 타원형 잎으로 제법 큰 줄기를 뻗어 풍성한 잎을 자랑하는 나물이다. 여느 나물에 비해 잘생긴 나물이기도 하였다. 그 모습대로 맛과 향도 뛰어나다 하여 참나물이란 이름을 붙였다는 설이 있다. 그 참나물이 지금 천여 평 정도의 석두산에서 자라고 있다.

일 년 내내 산채 향을 간직하고 있으며 묵나물로서는 최고 인기인 취나물은 더 넓은 면적을 차지하고 있었다. 야산이든 깊은 산이든 비교적 환경을 탓하지 않아 흔하게 만날 수 있는 나물이다. 누구든 산골에 살았다면 가장 많이 눈에 익었을 수도 있겠다. 어느 곳에서도 단번에 알아볼 수 있는 낯설지 않은 친숙한 나물이기 때문이다.

그래서 우리 집 메뉴에는 계절 없이 자주 등장하는 게 취나물이다. 들기름에 볶아 고추장과 비벼 먹는 쌉싸래한 맛에는 산골 아이의 생활이 고스란히 담겨 있다. 무엇보다 묵나물에는 마늘을 넉넉히 넣는 게 맛을 살리는 한 방법이다. 이 맛 속에서 푹 삶은 나물을 대소쿠리 광주리에 볕 좋은 날 널어 말리던 내 어머니의 손길도 만난다. 한없이 청량했을 그날의 바람은 얼마나 부지런히 다녀갔을까. 그런 이유일까 '나는 산나물의 왕이로소이다' 취나물들의 합창이 산만뎅이를 울리는 것 같다.

일행들은 벌써 몇 시간째 채취에서 물러날 줄 모른다. 처음 경험하는 사람은 신기함에 젖었고, 잊고 지냈던 사람은 향수를 찾은 듯 큰 나물 보퉁이를 만들기에 바쁘다. 나물 이름을 외우고 관찰하는 아이들의 솟아나는 호기심은 미래 농군들의 모습이다. 석두산의 주인이 되리라는 자부심으로 가득 찬 표정들이다.

석두산 부부는 우리가 뜯은 나물로 산채비빔밥을 만들어 주었다. 일행 삼사십 명은 배를 두드려가며 먹었다. 그동안 먹어

온 반찬에 대한 반란인 듯 모두가 식탐에 젖었다. 진정 신토불이의 맛은 석두산의 정기임을 잊지 않겠다는 모습이다.

우리는 정말 이곳을 사랑하는 법을 배워야 한다. 사람은 자연을 떠나서 살 수 없기 때문이다.(2007년 4월)

매실과 초록구슬

어느새 눈바람을 타고 와 봄을 실어다 놓는 전령사 역할을 하더니 급히도 이른 여름을 몰고 와 초록 빛깔을 만들어놓았다. 잔잔한 파도를 타듯 예쁜 춤사위를 펼치는 싱그러운 녹색바람은 오백여 그루를 어루만지고 있다. 정말 바라만 보아도 일상사에 물든 잿빛 감정들이 깨끗이 사라지는 기분이다. 곧 푸른 세계에 인도될 듯한 환희가 이곳 매실 농장을 가득 메우고 있다.

가지 사이사이로 맑은 꽃들이 새벽이슬처럼 피어나던 자태가 그렇고 나무 밑에 서면 군자의 정신을 일깨웠다던 향기 또한 그렇다. 시와 그림을 통해 울고 웃지 않을 수 없었던 옛 선비들의 일상사를 이곳 초록매실에서 만나고 있다. 해맑기 그지없던 새봄 꽃들이 이리도 많은 열매를 데리고 오다니, 아니 모셔왔구나! 통실통실 예쁜 모습으로 왔구나! 가지를 틈새 없이 에워싼 초록 식구들의 화기애애한 분위기에 어느새 나는 초록공주가 된 기분에 빠져들고 만다.

이래서 어린 날 매실을 통한 놀이로 해가 지는 줄 몰랐나 보다. 매실은 유일한 구슬치기 놀잇감이자 어떤 이상향이기도 했다. 당시만 해도 한약재료 외엔 쓰임새를 몰랐기에 굴리거나 박치기 대상으로 즐겼다. 가까운 야산 동네 어귀에선 여름이 가기 전에 많은 매실을 만날 수 있었다. 구슬놀이를 통해 맞추기와 숫자를 사용해 경기하는 방법도 터득하였다. 거리 조절 능력과 힘 조절, 집중력을 고도로 요하는 놀이는 우리의 푸른 꿈이기도 했다. 매실이 없었다면 손가락으로 튕기는 구슬의 미세한 작업인 첫 음을 어디서 배웠겠는가. 또 홀수와 짝수라는 숫자의 경기방식도 초록매실이 있어 쉬이 익힐 수 있었지 싶다.

여느 열매들보다 유독 매실이 우리의 관심을 끈 것은 새콤한 향이 아니었을까. 손에 잡으면 어디서 맑은 바람이 불어오는 듯한 향긋한 냄새가 그랬고, 그 향은 취하면 취할수록 피로를 물리쳐 주는 느낌마저 들었다.

초록매실이 서서히 자취를 감추어갈 시기면 아쉬움에 애를 태웠던 기억도 새롭다. 놀잇감이 없어진다는 것이 슬펐던 게다. 왠지 초록매실이 없으면 불안한 여름을 보내는 것 같고 놀이가 없어지면 푸른 꿈도 사라지리라 여겼다. 우리의 함성들로 넘쳤던 동네 골목길은 쓸쓸한 바람만 오가리라 생각했다. 오랜 세월이 흐른 후 그 열매가 지닌 성분의 가치가 알려지면서 그토록 손에서 놓지 못했던 이유를 알 것 같다.

가지고만 놀아도 피로를 풀어주는 듯한 열매였으니 어떤 선견지명도 있었지 싶다. 그 누구도 알지 못하는 신비한 무엇이 들었으리라는 호기심도 있었을 것 같다. 어린 우리들이었지만 예사로운 놀이도구로 여기지 않았다. 다른 열매들도 더러 있었지만 유독 매실만 고집했던 것에는 그런 다양한 이유가 있었는지도 모르겠다. 시간이 흐르는 동안 무수한 생명의 명약이었다는 것을 알면서 초록매실과 함께했던 이유를 알 것 같다.

경남 하동 귀농 가족이 나를 매실밭으로 안내했다. 20여 년간 키워놓은 나무에 올라 두 시간째 매실을 따는 마음은 풍요롭기 그지없다. 유월의 볕이 뜨거울 리 없고 흐르는 땀방울도 거추장스럽지 않다. 잔설을 헤치고 피어난 매화가 진초록의 열매로 내 손안에 가져다주었는데 어찌 반갑지 않으리. 오래 헤어졌던 지기를 만난 듯 든든함과 추억의 시간을 안겨주고 있다.

귀농 가족의 자태도 초록매실처럼 싱그럽다.

"농약 걱정은 하지 마십시오. 시장매실과 빛깔의 선명도를 확인해 보십시오. 지금 시중에는 살구나무에 접붙인 개량종 왕매실이 많이 나오고 있습니다.

육안으로 봐서는 더 굵고 튼실해 보일 수도 있지만 맛과 구연산 면에서 질이 많이 떨어지는 게 개량매실이지요. 저희는 100% 알이 적고 탱글탱글한 토종매실입니다."

주인 말대로 정말 작고 탄탄하며 빛깔의 선명도도 짙었다. 지금껏 생활협동조합을 통해 매실을 사 먹었지만 이곳에 와 보고 야 그 진가를 알 수 있었다. 20여 명의 조합원들은 싱싱한 먹을 거리의 감사함 때문인지 매실의 무게에도 힘들어 보이지 않았다. 목에 둘러맨 앞치마형 자루가 배불뚝이가 되어도 나무에서 내려올 생각을 하지 않는다. 매실에 취한 모습은 전형적인 농부임을 자랑한다.

한때 놀잇감이었던 초록매실을 만나기 위해 어른이 되어 이곳을 찾았다. 그 열매를 먹을거리로 이용하기 위해 매실을 따고 있다.

나는 이제 모든 맛 속에서 초록구슬의 의미를 찾으려 한다. 지난날 맞추기와 숫자놀이에 혼을 쏟았던 열정으로 먹을거리 개발에 정성을 모을까 보다. 김에 폭 쪄서 말리는 '금매'를 만들고 소금물에 절여 햇볕에 말리는 '백매'를 만들어야겠다. 껍질을 벗겨 연기에 그을려 검게 만들면 '오매'가 아닌가. 무엇보다 설탕이 들어가지 않는 장점이 이런 방법에 있다. 조림과 고추장까지 매실 엑기스 맛이 좌우하니 우리의 식탁에도 적지 않은 기여를 하는 것이다.

손에서 놓을 수 없어 산마루를 넘어가던 해님이 원망스러웠던 시절을 이제 식탁에서 풀어봐야겠다. 새콤한 매실주스 속에서 한 개로 다섯 개의 초록구슬을 따먹던 영준이도 떠올리고, 매콤한 초고추장 속에선 힘세다는 이유로 구슬을 싹쓸이 하던 정민이도 떠올려본다. 괘씸함에 울며불며 박 터지도록 싸웠던 그 시간을 몹시도 그리워하며 이젠 더 많은 먹을거리로 이들을 만나야겠다.

매실과 설탕이 만들어낸 엑기스가 어떤 맛을 내는지 매실의 알맹이가 어떤 역할을 하는지도 우리의 손맛에서 맛이 전해지게 되었다. 어린 날 맛보던 고추장과 지금의 고추장 맛이 다르다는 점도 여자들의 솜씨에서 알려지게 되었다. 여러 생채무침이며 생선과 건어물 조림들의 감칠맛이 매실 엑기스 덕분이었다고 은근히 자랑도 해볼 생각이다.

열을 내리는 데 특효라는 매실 알맹이도 베갯속으로 인기를 모으고 있다. 가지고만 놀아도 피로를 풀어주는 듯한 열매였으니 머리를 묻고 잠든다면 숙면을 취할 것은 당연한 일 아닌가. 고운 꿈나라에서 초록구슬 놀이 하던 추억도 떠올리고 건강한 삶을 살아가는 미래의 시간들도 만나봐야겠다. 요즈음 들어 아파트 옥상에 널어 말리는 모습에서 그런 느낌이 든다.

추억이 있다는 것은 행복한 일이다. 초록구슬은 우리의 영원한 동심에서 떠나지 않을 것 같으니까.(2007년 6월)

너와집의 화전민들

허술한 것들도 어깨를 맞대고 모이면 더 이상 허술한 게 아님을 말해준다. 서로서로 뜻을 같이하고 함께 이루면 모든 것은 견고해짐을 알려준다. 쪼개지고 부서진 조각들이 본래의 몸통을 그리워하듯 오밀조밀 한 몸을 이룬 모습이 그런 느낌을 갖게 한다. 분열과 단절은 분명 우리가 만들어낸 것이지 싶다. 저리도 화합하고 결속하는 정감 있는 자태는 지금껏 쉬이 보지 못했으니까.

너와집은 온전히 돌과 나무, 그것도 조각으로 지어진 집이다. 굵은 소나무를 도끼로 쪼개어 널판을 만들어 가지런히 놓고 바람에 날리지 않게 그 위에 돌을 얹어 이은 지붕을 말한다. 목재이기 때문에 뒤틀리고 사이가 떠서 빗물이 샐 것 같지만 오히려 습기를 받으면 차분하게 가라앉는 성질이 있다는 게 소나무의 장점이다. 이 시대에 새삼스럽게 너와집을 소개한다는 것은 낯설기도 하지만 깊은 산촌에서 민속자료로 남아 있는 너와집을 만날 때면 향수를 느끼게 된다.

무엇보다 화전민들의 안식처였으니 이런 형태를 고안해냈지 싶다. 산을 찾아 떠돌이 생활을 했던 그들은 벼농사를 지을 수 없었다. 단아하고 안정감을 주는 초가를 지으려면 우선 짚이 있어야 하는데 그렇지 못하니 소나무를 유일한 목재 감으로 이용하는 길을 택했나 보다. 보온도 뛰어날뿐더러 수명도 5년이라니 자연의 힘을 이용한 당시의 상황으로서는 기발한 아이디어가 아닐 수 없다.

유랑민의 신세를 정착민으로 만들어내는 그들의 의지가 좀처럼 잊히지 않는 이유는 자연 속에서 이루어내는 삶의 가치가 있어서이다. 비 피할 곳 또는 한 되박의 쌀도 얻을 수 없는 게 화전민들의 형편이었다. 숲 밑이 집이 되고 풀뿌리가 한 끼의 끼니로 이어져야 하는 게 그들의 사정이었다. 그러다 보니 나무가 도구가 되고 의지하는 삶에서 너와집이 탄생되며 화전밭을 일구게 되는 것이다.

화전이란 풀과 나무를 불로 태운 자리를 말한다. 수월한 개간뿐만 아니라 타고 남은 재를 거름으로 쓰는 목적도 되었다. 대부분 민가의 야산보다 멀리 떨어진 곳을 이용하는 이유는 넓은 땅을 마련하기 위해서였다. 또는 있는 자의 횡포를 면해 보려는 생각도 있었지 싶다.

화전민들은 대부분 소작농민들이기에 가진 자로부터 수탈과 억압 난리를 피해 깊은 골짜기에 삶의 터전을 만들었다. 한 평의 땅을 얻기 위해 수없는 굴욕을 견뎌야 하는 일에 비하면 산속에는 경작한 만큼 소출이 돌아오는 자리였다. 자연의 순리에 따라 움직이고 활용하기에 따라 의식주 자급자족도 가능하였다. 1960년대 100만 명이 넘어섰던 화전민들을 보면 생태적 삶이 마냥 불편한 것만은 아닌 것 같다.

석면 파동이나 새집 증후군 등 현대병을 불러오는 우리의 주택양식을 볼 때 너와집이 새삼 친자연적으로 다가오는 느낌도 없지 않다. 통나무집이 인기로 떠오르는 것도 그렇다. 가공품에서 탈피한 그 자리는 자연의 향기와 숨소리가 살아 있다. 특히 화전민들에게는 어느 누구의 손길을 빌리지 않고 손수 마련한 집이라는 점이 큰 마음의 안식으로 자리했을 것이다. 솔 향내 그득한 방은 아무리 고단한 몸도 편히 누일 수 있으니까.

그곳에는 누구의 간섭과 제약도 없다. 양반들의 핍박과 관리들의 독점도 없고 같은 처지로 어깨 맞대고 도란도란 살아가는 민초들뿐이다. 까만 밤이면 여인의 물레 잦는 소리는 깊은 정적을 일깨웠을 게고, 짚신 삼는 사내의 굵은 손은 아버지로서의 위엄을 지켰으리라. 또 오래전 함께했던 이웃 정 생각하며 흘리는 눈물은 밤새 베갯잇 적시는 일도 많았지 싶다. 하지만 그들에게 주어지는 무한한 자유는 모든 것을 잊게 할 수 있었다. 피고 지는 야생화를 통해 경작의 질서를 배우고 한 송이 꽃에도 이름을 붙여 개화 시기를 맞추는 지혜도 터득하였다. 병꽃은 팥색과 비슷하다 하여 팥꽃이라 이름 지었는가 하면 벚꽃은 옥수수 튀밥을 닮았다 하여 강냉이꽃이라고도 불렀다. 이는 병꽃이 필 때쯤에 팥을 심으면 가장 적절하기 때문이었고 벚꽃이 필 시기에 옥수수를 파종하면 많은 수확을 기대할 수 있기 때문이었다.

이처럼 풀뿌리 하나에 생명을 부여잡고 살았던 화전민들을 기억하면 기계화 속 편리를 누리는 우리로선 부끄럽기 짝이 없다. 삶의 질을 높이기 위해 달려온 우리의 욕심이, 어쩌면 현대화란 새로운 노예 길로 걸어가는 듯한 느낌이 들어 씁쓸한 기분을 숨길 수 없다.

그뿐인가. 돈이 되는 일이라면 도덕과 사람의 생명도 저버리는 이 시대적 병을 저들에게 무엇으로 설명해야 할까. 자연을 버린 탓이란 이유가 정답이 될까. 가난을 벗어나기 위한 욕심에서 빚어진 일이라는 말이 통할 수 있을까. 오직 개간이 아니면 생업을 보장할 수 없었던 떠돌이의 삶을 살았던 화전민들에겐 정말 할 말이 없음을 인정하지 않을 수 없다.

그런데 이제야 우리는 너와집을 그리워하고 필요로 하고 있다. 목조주택 한 채에 이산화탄소 30톤을 저장한다는 결과가 나온 것이다. 이만한 양이면 승용차 한 대가 지구 네 바퀴 주행하는 배출량에 가깝다. 이러니 화전민들이 환경운동 주역으로 떠오르고 있음은 거역할 수 없는 사실이다. 현재까지 그들이 살았던 자리는 아무런 기록과 흔적이 남아 있지 않지만, 자연을 통해 삶의 진실을 전해준 가치만은 여전히 전해지고 있다.

어쩌면 다시 화전민들의 삶을 새로운 자세로 받아들이는 인식이 필요할 때인지도 모르겠다. 숲속 곳곳에 나뒹구는 놋그릇과 소나무를 쪼개던 녹슨 도끼날을 너와집의 터줏대감인 산길에서 만날 때면 더욱 그런 마음이 인다. 강인한 생명의 줄기처럼 살아 있는 그들의 체취가 튼튼한 뿌리로 다가서니까.(2008년 4월)

동박골 풍경

아주 귀한 먹이인가 보다. 빼앗고 빼앗기지 않으려는 욕심이 치열하기까지 하다. 한 치의 물러섬이 없는 모습이다. 생명의 귀함이야 어느 동물인들 다를까마는 당장 천적이 나타난다 해도 물러서지 않을 기세다. 이유 불문하고 자신을 지켜보자는 마음이 무엇과도 다를 바 없음을 보여준다.

경남 함안 동박골에 3천2백여 꼬꼬닭들의 먹이 차지하기 현장이다. 3천여 평 야산에서 풀숲을 헤집고 놀던 어느 녀석이 지렁이를 한 마리 잡았던 게다. 이것을 본 다른 녀석이 잽싸게 공격을 했다. 빼앗으려는 욕심쟁이와 빼앗기지 않으려는 정당방위가 살육이라도 저지를 듯한 광경이었다.

결국 잡은 놈이 빼앗기지 않았다. 보는 나도 안도감이 들었다. 그 귀한 먹이를 지키기 위해 얼마나 치열한 사투를 벌였는가. 이유 없이 적의 공격을 받았으니 그 먹이 또한 소중할 수밖에 없다. 격려를 보냈다. 혼신의 힘으로 지켜낸 먹이가 꼭 녀석에게 보약이 되라고. 그래서 더욱 튼튼하고 건강한 새끼들을 낳으라고.

하기야 감정만으로 살아가는 저들은 먹고 자고 새끼 낳고 평생을 그렇게 살면 된다. 집을 몇 채 지을까, 얼마나 높게 올릴까, 자식을 어느 대학에 보낼까, 어떻게 키울까, 하는 근심과 욕심을 부리지 않아도 된다. 어떻게 하든 배부르게 먹고 새끼 잘 낳아 건강하게 키울 수 있을까 하는 일만이 그들의 몫이다. 먹이와의 쟁탈전은 그런 단순한 욕심일 게다.

친환경에서 자라기에 이런 싸움도 가능하다. 한 평에 30~50마리씩 과밀 사육하는 양계장에서야 어디 꿈이라도 꿀 수 있는가. 마음껏 풀을 헤집고 땅을 파고 소리 지르고 날아도 사방이 넓은 공간에서는 어떤 제한도 받지 않는다. 흙과 풀벌레며 사료는 현미 싸래기, 효소 물, 선인장, 호박잎, 백련초,엑기스 등 친자연 먹을거리들이다.

이곳 닭들은 사람이 다가가도 무서워하지 않는다. 쓰다듬으면 마치 피붙이처럼 안긴다. 자연과 함께한 만큼 닭들도 순수해진 것일까. 나무에 앉아 곤한 낮잠을 즐기는 모습도 해맑기 그지없다. '꼬꼬' 노래 부르며 뒤뚱거리는 자태는 신명에 차 있는 모습이다. 천지가 제 것인 양 자연의 정기에 흠뻑 취한 녀석들이 신선인들 부럽겠는가. 저마다의 재치와 묘기를 부려가며 동지애를 가꾸어가는 모습이 더없이 아름다운 오후 나절이다.

우리 일행도 그들과 함께 놀았다. 안아주고 함께 달리며 녀석들의 생활에 동참하였다. 잠시도 쉬지 않는 바지런함에서 생

104

존의 의미도 새롭게 느껴졌다. 운동으로 단련된 체력은 녀석들의 건강을 지켜내는 데 한몫을 한다. 마치 게으른 자에게 촉매제 역할을 한다고 할까. 정말 내가 그 기운을 받은 것 같다. 움직임이 더 빨라지는 것 같고 경쾌해지기도 한다. 달리기 경주와 꼬꼬도 함께 부르며 뒤뚱거리는 율동과 함께 시간 가는 줄 모르고 놀았다. 녀석들의 신명도 한층 더 높아졌다.

얼마나 좋은 환경인가. 대지의 광활함에 마음껏 심신을 맡기고 생을 누릴 수 있다는 것이, 족제비나 살쾡이 같은 천적만 없다면 녀석들에겐 천국이나 다름없다. 먹이가 부족하면 친환경 모이를 마련해주겠다, 체력을 단련할 수 있는 넓은 공간이 있겠다, 진정 녀석들이야말로 이것저것 다 누리며 산다는 것은 더 말할 필요가 없다.

밀폐된 공간에서 항생제로 커가는 양계 닭들을 보라. 면역 부족으로 하루에도 수없이 죽어가고 있다. 자연환경을 누리지 못하면 자생력이 둔화될 수밖에 없다. 먹이를 골라 먹는다는 이유로 부리까지 뭉툭하게 잘라 버린다지 않는가. 영양은 미세한 분말사료가 전부인 게다. 콘크리트 바닥과 꽉 막힌 우리 안에서 인공적인 빛으로 산란의 책임만을 떠안고 살아야 하는 게 양계 닭들의 운명이다.

흙바닥에 볏짚을 깔고 토착미생물이 어우러져 천혜녹즙으로 만든 동박골 잠자리는 인공 양계장의 닭들에겐 꿈같은 이야기다. 풍부한 미생물은 자연생태의 부엽토로 변해 냄새마저 없어

저 쾌적한 환경으로 변하는 게 동박골의 계사다. 그 부엽토는 사람들을 위해 농작물 퇴비로 쓰이고 닭들에게는 유산균과 같은 역할을 한다.

곧 하늘과 맞닿을 듯한 지평선 아래 동박골 터전은 저희들의 놀이터이며 잠자리이다. 땅속을 기어 다니는 벌레 한 마리도 녀석들에겐 피와 살이 된다. 현대적 과학에 힘입어 살아가는 그들이 아니다. 날아오를 수 있는 나무가 있고 10리 길을 달릴 수 있는 대지가 있다. 펼쳐진 햇살과 쉬지 않는 바람은 달리는 데 힘을 실어준다. 이러니 동박골은 저희들의 터전인 줄만 알 뿐 어떤 부러움도 녀석들에겐 존재하지 않는다.

그러나 나는 녀석들에게 속삭였다. 항생제 등을 먹고 살아가며 생을 마치는 동지들에게 안타깝고 따뜻한 동지애를 보내라고, 항상 동박골에 고마움을 전하며 함께하지 못하는 미안함을 잊지 말라고, 다음 생엔 꼭 함께하여 마음껏 창공을 향해 뛰고 날아보자고 약속을 하라는 생각을 전하였다.

이런 사색에 젖어 있는 동안 어느새 녀석들은 꼬꼬 화음을 이루며 무리지어 산길을 내려오고 있었다. 어느 동물보다 땅거미가 내리는 것을 먼저 알아차린다는 녀석들에게서 또 다른 영민함을 느낀다. 닭은 절대 외박하는 일은 없다고 한다. 나도 오래전 아파트 화단에 두 마리의 닭을 길렀다. 어둠이 깔리면 대문을 향해 고래고래 소리 질렀다. 사람이 나가면 반가이 품에 안겨들었다.

닭들은 새끼를 많이 거느린 탓에 먼 곳을 가지 않는 편이다. 주로 집 마당이 저희들의 공간이었으니 쉽게 집을 찾아오는가 보다. 수천 마리가 약속이나 한 듯 같은 시간에 계사를 들어서는 모습은 정말 장관이었다. 누가 저들의 질서를 막을 것인가. 누가 저들의 몸에 주삿바늘을 꽂을 것인가. 그저 방사할 수 있는 자리만 있으면 충분히 건강하게 살아갈 수 있는 저들이다.

'꼬옥~꼭~ 꼬꼬댁 꼬꼬. 꼬끼오~ 꼬옥~ 꼬~' 서로의 목소리를 자랑하듯 높은 목청을 뽑기 바쁘다. 이곳 동박골은 그야말로 녀석들의 세상이고 천국이다. 어느 천적도 이들의 군단 앞엔 대적할 수가 없다. 언제까지나 이런 무리의 힘과 위용을 잃지 말기를 빌었다. 더 많은 식구들을 늘려 동박골이 저들의 화음으로 넘쳤으면 하는 마음은 시간이 지날수록 간절해졌다.(2008년 6월)

3
부

반시

하늘이 내려준 선물 같다. 탐스럽게 물든 선홍빛의 자태가 그렇고 잎 속에서 햇살을 받아들인 능력도 신비롭다. 천지를 붉은색으로 인도하는 풍광은 탄성을 자아내기에 충분하다. 어느 모로 보나 사람의 힘이 미칠 수 없는 빛이기에 더욱 감탄스럽다.

있는 듯 없는 듯 잎 속에 숨어 뛰어난 빛을 창출하는 저 힘은 어디서 나오는 것일까. 더러는 자랑하고 과시를 해서 만족과 힘이 생기는 경우가 있다. 그런데 저 붉은 열매는 그렇지 않다. 새색시의 수줍음을 넘어 겸손 그 자체를 보여주는 것 같다. 눈에 띄는 우월함도 소극적인 나약함도 보이지 않는다. 보일 듯 말 듯 조용한 자태로 삶을 일구어내고 있다.

그 어떤 먹을거리가 넉넉함을 주지 않겠냐마는 반시만큼 가을 하늘을 곱게 수놓은 열매도 잘 없지 싶다. 길 연변과 야산을 붉게 물들이는 정취는 그 누구든 색채 감각에 젖지 않을 수 없다. 그러나 눈부신 고운 빛깔에 심취하는 순간 자연의 아름다움은 인위적으로 따라 하기에는 너무나 멀기만 하다는 사실을 알게 된다. 반시만이 지닌 정체성에 그만 외경심을 갖게 되는 것이다.

하지만 자연의 조화에 순응하는 자세는 배웠으리라. 반시가 지닌 독특한 개성에 맑은 정신을 키우는 법도 터득하였을 게고, 예술을 향한 도전정신은 고운 정서순화로 이어졌으리라는 생각도 해본다.

누구든 이런 환경을 맞이할 수 있다는 것은 축복이다. 자신의 본적을 잃고 개량종으로 태어나 형태와 빛깔이 변화된 과일들이 얼마나 많은가. 반시의 일편단심은 세월을 거스르지 않고 제자리를 지켜오고 있다. 맛과 자태는 오히려 더 맑은 빛으로 전해오는 것 같으니 이 모두가 반시만이 지닌 절개라 여겨도 좋으리라.

반시란 납작한 떫은 감을 말한다. 주로 경북 청도에서 많이 생산되며 특히 씨 없는 감으로 유명하다. 씨가 있던 감나무도 이곳에 옮겨 심으면 씨가 없어진다고도 하는데, 그 토질의 특성은 아직 과학적으로 밝혀지지 않고 있다. 일반적으로 암꽃만 피게 하고 수꽃을 억제한다면 수분이 안 되니 씨가 없을 수도 있다. 하지만 인공적 수단을 쓴 것도 아닌데 그러하니 신기한 일이다. 감을 따서 요모조모 살펴보지만 씨가 있는 감과 형태는 조금도 다르지 않다. 씨가 있는 공간을 속살로 꼭꼭 채워졌으리라 생각하니 여느 감보다 살갑게 느껴진다.

반시는 잘 익었을 때만 먹을거리가 되어주는 단감과는 다르다. 감꽃부터 풋감에서 홍시와 곶감까지 먹을 수 있는 과일이 반시이다.

봄이면 앙증스러운 감꽃들이 샛노란 잔치마당을 펼칠 때면 어린 가슴에 미래에 대한 꿈을 심어주기도 했다. 가는 실에 가지런히 꿰어진 감꽃반지와 목걸이는 훗날 멋진 장신구로 태어날 꿈에도 부풀었다. 반드시 우리들의 못난 점들을 덮어주는 주인이 되리란 희망은 높아만 갔다.

울퉁불퉁 억센 손가락은 그 옛날 감꽃 반지가 감싸줄 것이며 나이를 나타내는 긴 목도 역시 그러리라 여겼다. 그래서 사랑하는 사람에겐 멋진 연인으로, 남편에겐 센스와 재치를 연출하는 아내로서 자리를 지키리라 생각했다.

검푸른 빛으로 녹음을 만들 때도 여름날의 풋감은 우리들의 넉넉한 간식이었다. 예닐곱 살의 또래들은 소쿠리와 앞치마로 땡감 줍는 것이 하루 일과에 속했다. 입에 댈 수 없이 떫은 감도 간간한 소금물을 만나면 며칠 새 맛있는 군것질거리가 되었다.

그때부터 내가 먹을 것은 내가 마련한다는 생각으로 노동의 가치를 익혀갔다. 스스로 간을 잘 맞춘 소금물을 준비하는 일도 어렵거니와 주인의 눈총을 받아가며 남의 집 감나무 밑을 기웃거리는 일도 수월치는 않았다. 여름날 흘리는 팥죽 같은 땀도 달갑게 받아들일 수 있는 형편이 못 되었다. 무겁도록 주운 감 소쿠리와 자루는 고픈 배를 채울 수 있는 유일한 양식이었으니까.

숙성과정을 거친 홍시와 곶감 역시 메마른 겨울을 나는 데 크게 한몫하였다. 늑대가 잡아간대도 무서움을 모르던 아이가 곶감 주겠다는 말에는 울음을 그칠 만큼 먹을 것이 귀하던 시절이었다.

이런저런 이유로 반시는 우리에게 마음의 고향으로 자리하고 있다. 그 모양새 또한 예사롭지 않으니 더더욱 그런 마음이 든다. 꼭 쟁반을 닮았다 하여 반시라는 이름이 붙여졌다는 설도 있지만 나는 반시를 통하여 쟁반이 만들어졌다는 생각을 해본다. 당시의 상황은 자연이 모든 것의 소재가 되었으니, 어느 도공은 긴 수명을 가진 나무의 열매 형태가 생활도구로 만들어지면 안전한 그릇이 되리라 여겼지 싶다.

무엇보다 납작하다는 형태 하나로 도예가의 마음을 움직였으리란 생각을 해본다. 꼭지 부분은 당연히 접시의 밑받침을 구상했고 색채의 조화도 푸른 풋감에서 붉은 홍시에 이르기까지 다양한 색감을 키웠을 것 같다.

홍시를 숟가락으로 파먹고 나면 영락없이 밥공기랑 국그릇을 닮았다. 바깥의 형태에서는 접시 모양을 찾았고 안의 구조에서는 밥과 국을 담을 수 있는 도구로 구상했다면 놀라운 아이디어가 아닌가. 정말 그랬다면 이름 모를 도공이 호흡하며 관찰했을 작은 열매가 더없이 가상하고 대견스럽다. 감나무의 장점을 최대한 이용한 도예가의 장인정신이, 앞서가는 이 시대를 대변해주고 있음에 새삼스러운 감정이 인다.

풍족해진 세상에서 만나는 감 하나에도 이런 느낌이 든다. 그 이유는 잘 여문 먹을거리와 예술의 혼이 살아 있기 때문일 것이다. 반시가 있음에 식기가 있고 식기가 있음으로 반시가 있을 수 있었던 유래를 감나무 없이는 전해 들을 수 없으니까. 급변하는 세상에서 자연을 통한 감상에 젖을 수 있는 것도 청도 언니네 집에서 수확하는 기쁨에서 얻어진 결과이다. 한 개 한 개 바구니에 따 담으며 자연의 조화는 신비 그 자체라는 것을 다시금 깨닫는다. 눈이 부시는 고운 빛깔을 내 상상으로는 풀어낼 수 없는 수수께끼와 같으니까.

이곳에 들어서면 나는 늘 환상에 젖는다. 신이 내린 동네로 착각할 만큼 감탄에도 빠져든다. 축복받은 마을은 바로 여기구나 영원히 사라지지 않기를 간절한 기도도 올린다. 언제까지 감꽃이 알려주던 미적 감각과 땡감을 통해 느꼈던 노동이며 그릇을 통한 도예가의 삶을 이곳이 지켜주길 바라본다. 배고픔이 늑대보다 더 무서웠던 곶감의 유래도 함께하면서 말이다.

감나무 같은 존재가 그리운 세상이다.(2009년 10월)

단걸 참외

그들은 황금빛처럼 밝았다. 참외와 생활해 온 부부는 세상사에 물들지 않은 사람처럼 느껴졌다. 이곳에 농토를 마련한지 수십 년이 지났건만 햇빛마저 그들을 보호해주었는지 여느 농부답지 않게 뽀얀 피부를 지녔다. 그렇다고 호사스러운 생활을 했다는 것이 아니다. 삼남매의 어버이로서 누구보다 부지런하지 않으면 안 될 위기를 넘긴 사람들이었다. 열두 개 동의 참외 비닐하우스가 이들 삶의 흔적을 고스란히 말해주고 있었다.

한때 도회지에서 대경영주의 꿈을 안고 탄탄대로의 길을 달리던 사람들이었다. 아스팔트 위를 수없이 자동차로 오가며 사업가로서의 꿈을 펼쳤다. 허나 사업이라는 게 기술과 자본과 전반적인 경기가 일체를 이룰 때 성공을 보일 수 있다. 사정이 여의치 않으면 큰 나락으로 떨어질 수도 있는 게 자영업의 생리인 것이다.

지금의 참외 부부가 그런 참담함을 겪고 정착한 동네가 이곳 경북 김천 감문면 삼성리란 작은 산골 마을이다. 막막한 세

116

상에서 그래도 자기들을 불러주고 의지할 곳은 농촌이었다. 흙은 거짓을 말하지 않으며 일한 만큼 돌려준다고 믿었다. 정말 믿고 찾아온 이곳에서 그들은 뜻을 이루었다. 건실하게 잘 성장한 아들딸들, 친환경을 실천한 귀농 부부로서 많은 이들에게 귀감이 되고 있다.

여기까지 오는 동안 수없는 날밤을 고민으로 지새웠다. 넉넉지 않은 경험으로 농사는 지을 수 있을까. 또는 지역민들이 타지의 사람을 곱게 봐줄까. 심란한 심정을 잠재울 수 없었다. 혹여 도시에서 길들여진 습관이 이웃 사람들에게 누가 되지는 않을까. 소박한 농심을 다치게 할 것 같은 불안감도 뇌리에서 떠나지 않았다.

걱정과 달리 그들은 진정한 농군으로 정착했다. 12월에 파종한 참외가 4월의 수확을 기다리고 있는 농장이 부부의 성공을 말해주고 있었다. 무엇보다 벌들이 노란 꽃 속으로 파고들며 열심히 일하는 모습이 지금의 농부를 연상케 한다. 수정작업을 하느라 심취하는 벌들은 귀농가족의 적극성 있는 면모를 보여주었다. 벌처럼 빠르게 또는 날듯 몸과 마음을 달음질하였으리라는 생각은 조금도 의심을 하지 않았다. 언제 따뜻한 방에 허리 한번 펴보았겠는가. 또는 윷놀이, 화투놀이로 소일하는 시간을 가져보았겠는가. 벌의 청아한 소리가 담긴 참외를 생산하자면 종종걸음으로 시간을 짜깁기하였으리라는 생각은 누구든 이곳에 서보면 하게 된다.

아기의 주먹 크기만 한 초록 참외가 귀농할 당시 부부의 모습 같아 애처롭다. 잘 익은 참외로 태어나기까지는 수많은 날을 가뭄과 장마와 추위를 이겨내야 한다. 태풍과 천둥번개에 놀란 가슴 부여안으며 상처를 남모르게 다독여야 한다. 그렇게 자라난 아기 참외는 이제 단걸 참외란 브랜드로 등장할 꿈에 부풀어 있다.

이 모두를 극복한 부부는 자부심 또한 대단했다. 어떠한 악조건도 이겨낼 용기가 생겼으며 앞으로 더 많은 참외를 생산하리라는 희망도 보였다. 산성비로 인해 노지 참외가 죽어 가는 것을 보면 친환경 농법이 얼마나 절실한가를 다시 실감한단다. 연구하고 탐구하여 이 김천 땅을 기꺼이 참외 생산지로 만들 것이란 의지는 굳은 결의로 넘쳤다. 들판엔 초록 넝쿨이 숲을 이루고 그 속에서 노란 참외가 황금 물결로 수놓을 농촌을 꼭 이곳에서 심어주겠단다. 누구든 와 보고 싶은 곳, 꼭 정착하고 싶은 터전, 이것이 우리 농촌의 미래란 점을 보여주겠다고 했다.

참외 맛도 그야말로 달았다. 껍질째로 먹는 입에선 '아유 단걸' 하고 절로 감탄이 흘러나왔다. 이 모두가 자연재료들로 경작한 결과이다. 손쉬운 화학약품의 유혹을 뿌리치고 자가 거름을 제조해 단걸 참외로 만들어낸 귀농 부부의 정성인 것이다. 여간한 굳은 심지가 아니면 이겨내기 어려울뿐더러 더구나 그 재료를 구하기가 쉬운 일이 아니다. 짚, 토양, 미생물, 왕

겨훈탄, 목초액, 현미식초, 발효액 비료 등 우리로서는 정말 처음 들어보는 생소한 이름들이다. 130가지나 되는 식물이 액비의 효능을 갖고 있단다. 풀, 조개껍데기 등 이렇게 배합한 퇴비를 먹고 자랐으니 어찌 단걸 참외와 빛깔의 선명도가 뛰어나지 않겠는가.

머지않아 '단걸 참외'라는 브랜드 네임까지 만들 계획이란다. '단걸'이라는 말은 원래 감문甘文이라 하는데, 감문이라는 지명을 한글로 풀어 쓰면 달콤한 글, 즉 진짜 달다는 뜻이다. 이 단걸 네임이 모든 농촌으로 퍼져나갈 날이 멀지 않은 것 같다. 누구든 한번 먹어보면 아! 단걸 하고 외치지 않을 수 없으니 말이다.

친환경이 우리에게 얼마나 큰 역할을 하는지 이곳을 찾으면서 더욱 크게 느낀다. 우선 산성화된 토양에서 길러진 것과는 확실히 다르다는 점이다. 진정한 흙 내음이 있고 참외가 갖는 본래의 향이 그대로 살아 전하고 있다.

옛 조상들의 소박한 꿈도 만난다. 감히 먹을거리에 약품을 뿌린다는 것을 생각이나 했겠는가. 그저 주어진 환경을 잘 활용하는 일만을 자신들의 소임으로 여기며 하늘이 지켜준다는 믿음으로 살아왔다. 흙의 신비로움에 감사하며 욕심 없이 살았던 게 당시의 사람들이었다.

친환경 먹을거리 단체인 생활협동조합원들과 교류하며 이제 우리는 참외 부부에게서 그날의 맛을 되찾고 있다. 마치 보상이라도 받듯 온전한 자연퇴비를 이용한 참외를 그들을 통해 만나고 있다. 이곳을 찾으면서 지금껏 먹어온 음식들이 얼마나 많이 기형적으로 생산되었는지를 크게 실감한다.

　무엇보다 아내를 위해 그네를 만들었다는 남편의 배려도 가슴을 뭉클하게 했다. 노동에서 오는 피로를 그네를 타며 풀어 보라는 그 자상함은, 농촌을 사랑하는 사람만이 주고받을 수 있는 행복이라는 기분이 들었다.

　참외가 빛내는 황금 들녘을 꿈꾸며 돌아오는 길 내내 그네 타는 부부가 잊히지 않았다.(2009년 4월)

도심을 울린 방울 소리
〈워낭소리〉

정말 오랜만에 그리운 소리를 들었다.

아득한 기억 속에서나 만날 수 있는 소리를 도시 한가운데서 접하였다. 순간 향수에 취해 당시로 돌아가는 행운도 누렸다. 송아지와 머리를 맞대고 떠받기를 하던 일이며 몸을 긁어주면 좋아라 하던 모습도 눈에 담았다. '사람은 가끔 마음을 주지만 소는 언제나 전부를 바친다'는 포스터 문구도 그날을 떠올리게 했다. 40년을 함께 살아온 할아버지와 소의 묵묵한 교감이 그런 느낌을 준다. 오래된 것보다 새것을 인정하고 대접받는 세상에서 만나는 이런 목가적인 환경은 살아 있는 교과서이며 역사의 현장이 아닐 수 없다. 영화 〈워낭소리〉에서 그 모든 것을 읽을 수 있었다.

농경사회에선 소가 사람들에게 절대적인 존재였다. 현대의 농기구와 자가용 역할은 물론 든든한 살림 밑천으로도 한몫하였다. 일 년에 한두 마리씩 송아지를 낳기도 하니 농가 소득으로서는 이만한 게 없었다. 한 마리가 대부분인데 가끔씩 쌍둥이를 낳는 경우도 있다. 그런 집은 그해 당장 논밭을 늘려 환한 웃음 보따리를 터뜨리기도 한다.

가축 중에는 가장 큰 짐승으로 적을 지켜내는 경호원처럼 든 든하였다. 마구간에 우람하게 자리하여 사각사각 여물 삭이는 소리, 딸랑딸랑 딸랑이(워낭) 소리는 집안의 적적함을 달래주었 다. 무엇보다 우직함의 상징으로 가벼운 사람의 본보기 대상으 로 여기기도 했으니 우리 인간과 밀접한 관계에 있는 것은 사 실이었던 것 같다.

그랬던 소가 고도의 도시화된 현장에서 옛날 모습을 드러냈 다. 그야말로 지난날 환경을 그대로 옮겨 놓은 것 같아 코끝이 찡해 오기도 했다. 여간한 고집과 뚝심 없이는 현대문명을 거부 하기란 어려운 일이다. 앉으면 눕고 싶은 게 인간의 욕심이 아 닌가. 〈워낭소리〉의 노부부는 그 모든 것을 초월한 듯 김장독 같은 투박함과 미더움을 우리에게 선사했다.

친자연 친환경이 진정 살아 있었다는 점이다. 경북 봉화 어느 마을에 마흔 살이 된 소와 여든이 된 노부부가 한 가족처럼 의 지하며 살고 있었다. 현대적 농기계며 가공된 먹을거리는 거부 한 채, 순수하게 자연생산 된 것만을 고집하는 진정 한국 농부 의 자존심을 지키고 있었다. 그들은 어떤 고급화된 첨단기술도 바라지 않았다. 그동안의 체험이 최고의 과학이고 화려한 예술 이었다. 한 줄기 바람과 한 방울의 빗물도 감사와 기도의 정신 으로 받아들이는 한없이 소박한 농부였다. 간편한 사료가 소

먹이를 대신할 수 있지만 화학첨가물에 대한 불신은 기꺼이 풀로 키우겠다는 의지를 더 키웠다. 불편한 다리가 지게 짐에 의해 고통을 더해도 소에 대한 애정을 버리지 못했다. 꼴을 먹어야 비만을 막고 새끼도 잘 낳는다는 게 노인의 주장이다. 그 고집은 더욱 무거운 풀 짐을 져야 하고 몸은 더 고단하지만, 종국에는 더 생산적인 결과로 나타났다. 인스턴트 시대에 그들이 시사하는 바가 정말 크지 않는가.

짐승을 위해 농약을 뿌리지 않는 사람, 한 알 곡식의 낭비를 막기 위해 농기계를 쓰지 않는 사람, 꾹꾹 모 포기를 눌러 심는 두꺼비 같은 두 노인의 손에서 그들의 마음을 잘 읽을 수 있었다. 그렇게 얻은 알곡은 결국 건강한 가족을 키워냈다. 20년 소의 수명을 40년으로 연장하는 생명력을 낳았는가 하면, 자신들도 여든이라는 나이를 넘기고 있다. 소 나이가 사람의 수명으로 치자면 120세의 연령대라니 장수의 비결은 바로 노부부가 만들어낸 셈이다.

욕심 없는 삶이 얼마나 경건한가를 보여주기도 한다. 한 마리의 짐승도 기꺼이 분신처럼 받아들이는 순수함은, 서로 간에 배신과 살육을 일삼는 인간 세상에 경종을 울린다. 꼭 개발만이 삶의 질을 높이는 것이 아니라는 것도 충분히 전해주고 있다. 속이거나 숨기지 않으며 그저 자신이 터득한 방법으로 우직하게 살아도, 세상 사람들에게 감동의 눈물샘을 자극하고 긴장했던 몸과 마음을 편안히 풀어주는 역할까지 하고 있다.

이제는 그들도 외롭지 않다. 많은 사람들이 노부부를 통해 향수를 이야기하고 어린 시절을 기억한다. 또 소의 눈을 통해 자신들 노모의 눈을 보았다고도 말한다. 욕쟁이 할머니의 한 섞인 넋두리가 우리 과거 어머니들의 자화상을 대변해준다. 그런 이유가 사심 없이 영화 속으로 빨려들게 하는 동기가 되었는지도 모르겠다.

미물들의 울음소리만이 적적함을 달래주던 외딴집이 이제는 도시인들의 관심 속으로 등장하게 되었다. 노부부가 일구어 놓은 터전이 더 이상 한적하지 않다. 배우고 가진 것 없이 묵묵히 한길을 걸어온 그 뚝심이 이 마을을 지켜낸 것이다. 정직과 성실이라는 단어가 새로운 각도로 받아들여지기도 한다. 지극히 꾸밈없는 삶, 오직 노동만이 살길이라는 일념이 오늘의 다큐멘터리를 만들어내었다. 깊은 맛보다는 새롭고 독특한 맛을 좋아하고, 빠르게 많이 가지는 것을 추구하는 이 마당에 그들은 느림의 미학으로 모두를 감동시켰다.

지금껏 워낭소리는 노부부에게 혼의 소리였다. 기쁠 때는 희망의 빛으로 다가섰고 힘겨울 땐 채찍의 소리로 가슴을 파고들었다. 혼미한 의식 속을 헤맬 때도 워낭소리가 그를 흔들어 깨웠다. 그렇게 지켜온 가축과의 인연 앞에 이제는 남녀노소 지위고하를 막론하고 전국의 도시에서 요롱 소리를 찾아 몰려들고 있다. 봉화의 워낭소리가 지상으로 울려 퍼진 것이다. 어쩌면 영원히 떠났던 사람들이 다시 돌아올 수 있는 길을 열어놓을지도 모르겠다. 집집마다 딸랑이 소리가 화음을 이루는 그런 세상을 꿈꾸면서 말이다.

어디선가 그 옛날 우리 집 소가 방울소리 울리며 저 멀리서 달려올 것만 같다.(2009년 9월)

산길 유감

플라스틱 계단을 밟고 산을 오른다. '철럭 철럭' 낯선 소리에 옛 정취가 물씬 그리워진다. 언제부턴가 오랫동안 걸었던 산길이 개발로 이어지고 있다. 안전을 위함인지 현대적 미에 척도를 둔 것인지 이제는 이곳마저 사람의 손길이 미치고 있다. 본래의 길에 황토 흙을 덮는가 하면 마사를 깔기도 한다. 울퉁불퉁 산길의 모습이 사라지고 있는 것이다.

내가 자주 찾는 동네 야산이 이런 풍경으로 바뀌고 있다. 여느 산들도 그런 모습으로 변하는 실정이다. 그대로 두어도 좋은 길을 시민들의 편리공간을 위해서라는 목적으로 바꾸고 있는 것이다. 건강을 위해 산을 찾고 자연이 좋아 산을 오른다. 길은 사람의 발길에 의해 만들어지고 그길 따라 산을 좋아하게 된다. 그래서 진정한 쉼터를 만들고 안식을 얻게 되는 것이다.

이제는 그런 환경도 옛것으로 물러나고 있다. 사람의 욕심이 스며드는 듯해 괜스레 뭔가 잃는 듯한 느낌이 든다. 인력을 꼭 이런 곳에 써야 하는지? 자원도 물론이다. 별로 원하지 않고 꼭 필요치 않은데, 편리라는 이유를 들어 또는 미관상 조건을 두는 현실이 안타깝다. 실은 산길을 부드럽게 한다는 이유로 황토 흙을 덧칠한 자리에는 불편만 가중되고 있다. 비 온 뒷날은 발을 옮겨 놓지 못할 만큼 질척거려 아예 오르기를 포기하기도 한다.

또한 계단은 큰 돌을 이용하면 수명도 오래갈뿐더러 사람들의 정서에도 좋을 텐데, 털털거리는 플라스틱 계단은 느낌이 영 아니라는 생각이다. 오히려 견고함이 적어 불안함을 주는 듯하고 산길의 풍광과도 어울리지 않아 운치가 적다는 기분이 든다.

언제부턴가 공공근로사업이 실업자 퇴직자 등 인력을 구제한다는 명목으로 이곳까지 확장되었다. 즉 일자리 창출의 목적으로 산길을 이용하고 있는 셈이다. 이곳의 흙은 아무도 돌보지 않아도 자연생성해가는 부엽토들이 그 역할을 한다. 누구나 스스로 만들어내는 자연의 혜택에 감사하며 즐기고 찾으면 되는 곳이다.

그런데 그 길이 일자리 만들기에 이용되고 있는 것이다. 신성해야 할 근로가 어쩌면 자연을 그르치는 데 즉 바라지 않는 자리에 소비되고 있다는 점이다. 가끔씩은 공공장소에 시설물을 일 년 간격으로 부수고 만들고 하는 경우를 본다. 언제는 보도 블록을 깔았는가 하면 곧바로 다른 시설이 들어서 있고 놀이시설을 마련하던 자리는 일 년 후에는 철거가 되어 있다. 이는 곧

짜여진 예산을 맞추기 위해, 즉 짜 맞추기식 행정과 실적주의가 만들어내는 결과라고 볼 수 있다. 이런 경우를 볼 땐 자원절약과 불경기란 말은 평범한 시민들에게나 해당되는 말 같다. 정책적인 차원에서는 자원을 이유 없이 소비하면서 시민들에겐 절약이란 말로 소통하려 한다. 그동안 쓰고 남은 예산지출을 위해 어쩔 수 없이 부숴 버려야 더 많은 예산을 받을 수 있다는 행정적인 문제는 이해가 되지 않는다.

실은 이런 원인의 근본 문제는 일자리를 도시에서만 찾는 데서 생긴다. 진정으로 일손이 필요한 자리는 얼마든지 있다. 현재 우리 농촌이 그러한 곳이다. 아름드리나무 뿌리 캐내어 일구어놓은 옥토들이 다시 황무지 땅으로 돌아가고 있는 실정이다. 한 뼘의 땅을 얻기 위해 손에 물집 마를 날 없이 개간했던 땅들이 아닌가. 그런 노고가 사람의 손길이 미치지 않으니 조상들의 피와 땀이 외면당하고 있는 것이다.

농촌의 부족한 인력은 이제 도시에서 채워야 할 때이다. 실업자 구제도 농촌을 중심으로 행정적인 뒷받침을 해주어야 한다. 그동안 묵혀둔 땅들에 조상들의 숨결을 찾아 활발한 일손을 장려해야 한다. 그 일은 우리 것을 지키는 일이다. 스러져가는 집들도 복원하여 도시인들에게 쉼터도 마련하고 농촌의 실정을 알리는 강좌코너를 개설하는 것도 한 방법일 수 있겠다.

그리한다면 버려진 농촌의 집과 농토들은 새로운 주인을 만날 수 있고, 척박한 땅들을 개간하여 물려준 조상들의 혼을 만날 수도 있다. 현실적으로 진정한 공공근로사업 목적은 바로 이런 방법이어야 한다는 것이 오래된 나의 생각이다.

어린 꿈이 묻어 있는 폐교를 복원하여 도시인들을 대상으로 한 농촌교실을 운영하는 것도 한 방법이겠다. 여느 학교에서는 장 담그기와 황토 물들이기 등 여러 프로그램을 운영하는 곳도 있다. 그리한다면 농경사회 풍습을 재건하는 데 적지 않은 도움이 되리라 여긴다.

다행히 중년세대들의 귀농, 귀촌이 늘어나고 있음은 반가운 소식이다. 도회지 생활에 젖은 생활 습관에서 이런 용단을 내리기가 쉽지만은 않다. 지금의 귀농가족들은 오랜 세월 도시문화 속에 살았던 사람들이다. 어쩌면 그들 속엔 농촌에 대한 현실보다 낭만이 더 크게 자리하고 있을지도 모른다. 일찍 귀농을 포기하고 돌아서는 사람들이 바로 그런 예이다. 이럴 때 우리 공공사업이 보조가 되어준다면 더없이 좋은 기회가 아닌가. 더러는 과거의 경험을 살려 길잡이 노릇도 하고 현대적 농업기술을 받아들여 동반자적인 관계를 형성해가는 방법도 좋겠다. 그러면 상부상조의 미덕도 새롭게 깨달아가리라 믿는다. 농사일은 큰 기술이 필요치 않으니 잠깐의 지도만 받아도 누구든 할 수 있다. 무리한 노동만 아니면 운동도 될 수 있다는 게 나의 견해이다.

현재 도시는 지능화시대에 와 있다. 자원과 인력이 비대화되고 소비가 미덕처럼 이용된다. 미관상 곱지 않다는 이유로 부수고 갈아 끼우는 일을 예사로 하기도 한다. 현재 누리고 있는 풍족함이 진정 바른 길인지 왠지 혼란스러운 감정을 숨길 수 없다. 도시에서 펼치는 인력과 자본을 절반만 제공해도 그 효과는 배로 커지는 곳이 우리 농촌이라 생각한다.

공공근로자들이 깔아둔 황토 흙길을 자박자박 걸어본다. 본래의 길과 지금의 길을 음미하며 근로의 시간들을 다시 새겨본다. 그들이 헤아렸을 마음도 그려보고 내가 느끼고 있는 감정을 그들 속으로 겹쳐도 본다. 그 느낌은 변함이 없다. 농촌을 향하는 그 마음 말이다.(2009년 10월)

들판의 보초병

허수아비가 사라진 지 오래이다. 나무 막대기에 헤진 옷 걸치고 황금 들판을 지키던 보초병이 언제부턴가 보이지 않는다. 예나 지금이나 가을 들녘의 빛깔은 그대로인데 어떤 사정으로 철거가 되었는지 들녘을 찾을 때마다 궁금해진다. 참새들이 농촌 오염으로 새로운 터전을 찾아 떠난다는 말도 들렸다. 그러나 친환경농법으로 농촌 환경도 많이 좋아지고 있는 실정이다. 그럼에도 불구하고 허수아비가 보이지 않으니 이런저런 의문들이 좀처럼 풀리지 않았다.

알고 보니 참새 식구들을 경계하고 쫓아내야 할 이유가 없게 되었단다. 사람이 먹고도 남은 음식물을 버려야 할 위기를 맞고 있으니 오히려 참새들이나 먹으라며 선심을 쓰고 있는 형편이란다. 정말 미처 생각지 못했던 일이다. 한때 도적떼처럼 여겨졌던 새들이, 이제는 가져가도 아깝지 않은 것이라니, 그렇다고 오늘날 곡식이 노동 없이 이루어진 것은 아니다.

지금은 기계로 농사를 짓지만 농기계를 마련하는 데 쏟아부은 지금은 손수 농사일하던 과거만큼이나 힘든 일을 해서 모은 돈이다. 그런데 농부의 시름을 우리는 조금도 달래줄 수 없는 시대에 와 버렸다. 새들이 볏논에서 잔치마당을 펼쳐도 미워할 수 없는 농부의 심정을 쉬이 헤아려 주지 못한다는 게다.

평생 쌀밥 한 그릇 먹어보지 못하고 세상 떠난 조상들의 혼이 두려워서라도 지금의 처세는 정말 아니라는 생각이다. 그런 환경에서 고생스럽게 자식들을 키운 부모의 애절함은 또 어찌하고, 주린 배 더 주려도 풍요한 내일을 기약하며 달려온 조상의 희망 앞에 자손으로서 정말 할 말을 잃고 만다.

지금 알곡들이 꼭꼭 들어찬 들녘에서 들리는 농부의 한숨소리는 처절하기까지 하다. 날짐승에게 보시하듯 논을 통째로 내어주고 있는 그 심정을 우리는 무엇으로도 대변할 수 없다. 수입밀이 우리의 쌀을 대신하리란 생각은 하지 못했다. 다양한 음식문화가 쌀 소비를 밀어낼 줄도 몰랐다. 격세지감이 아닐 수 없다.

그래도 우리의 농부들은 농촌을 떠나지 않을 것이다. 내년, 그 후년에도 그들은 이곳에 모를 심고 황금 들녘을 지켜갈 것이다. 수매해주지 않아 썩히는 한이 있어도 농부의 소임은 버리지 않을 것이다. 만약 이 자리를 떠난다면 황금 물결을 다시 만날 수 없지 않는가. 생명의 탯줄을 이었고 풍년을 기다리며 꿈을 심었던 터전을 어찌 떠나고 포기할 것인가. 오히려 새로운 개척으로 미래의 농촌을 이어놓을지도 모른다. 농촌살림이 무너진다 해도 뼈를 묻고 살아온 사람은 허수아비와 참새와 함께하는 삶을 버리지 않으리라는 생각이다. 오히려 어느 때 농촌으로 돌아올 사람들을 위해 풍년 들라 꽹과리 치며 기원하는 날들을 만들어갈 수도 있겠다. 편리한 식탁을 꾸리다 지친 도시인들이 찾아온다면 우리 다시 허수아비 세워 황금들판을 이어가자는 간절함까지 전하면서 말이다. 그리하여 미래의 불안한 곡물전쟁도 거뜬히 해결하는 진정한 농군으로 남으리란 희망도 가져본다.

이렇듯 진실한 농부의 뜻을 간곡히 받드는 일은 서구 식단에서 좀 벗어나는 일이다. 내 아버지 오빠들의 고봉밥 그릇을 이어가야 할 일이다. 쌀로 체력을 키우며 잘사는 나라로 왔듯이 우리 쌀을 당연히 지키고 보존하는 게 우리의 책임이다. 도시에는 대문만 나서면 각종 식품점이 널려 있다. 냉장고는 넘치도록 자극적인 먹을거리로 채워진다. 이러니 밥그릇 크기가 작아지고 쌀 소비가 줄 수밖에 없지 않은가.

우리 집 간식과 음료는 주로 미숫가루다. 내가 직접 쪄서 말린 우리 곡물로 마련하여 새참이나 좋은 요깃거리가 된다. 그 맛과 영양의 우수함은 가족들의 건강이 말해주고 있다. 첫째 감기에서 해방되었다는 점이다. 겨울이면 서너 차례 치르는 고뿔이 싹 달아나 버렸다.

흔히들 음식에도 궁합이 있다는 말을 한다. 여러 가지를 혼합한 미숫가루는 장이 약한 아이에겐 가끔씩 소화불량을 일으키는 경우도 있었다. 하지만 이내 적응해가는 모습을 보면 우리 땅에서 나는 곡물은 곧 면역력을 높여준다는 것을 알 수 있다.

그리고 피곤도 훨씬 덜하다는 아들 녀석의 말이다. 아들은 수업 중에도 고단함을 못 이겨 조퇴까지 하는 경우도 있었다. 고단함 때문에 오는 무리로 늘 입안이 헐었고 음식을 수월하게 먹을 수 없어 몸 상태는 더욱 허약해졌다. 결국은 학교 기피증까지 나타났으며 심지어는 수업 일수를 줄이기까지 했다. 뚜렷한 병명은 나타나지 않았다. 알려진 식품 중 몸을 보한다는 음식은 다 써보았지만 시원한 효과를 보지 못했다.

나는 수십 년째 이어져오고 있는 불면증이라는 고질병으로 잦은 근육통과 소화불량을 겪는 등 몸의 어느 한 부분 편한 데가 없었다. 숙면을 취해보는 게 소원이었고 코골이 하는 사람이 그렇게 부러웠다. 그런데 나도 이제 불면증을 겪는 사람들이 부러워할 만큼 앉아서 꾸벅꾸벅 조는 잠꾸러기가 되었다. 잔병치례도 물러나버렸고 밤이 두렵지 않은 세상을 맞이하게 되었다.

하루 한 잔의 미숫가루가 이런 쾌적한 나날을 찾아주었다. 제철에 나는 음식이 최고이며, 우리 체질에는 우리 곡식임을 현미와 백미가 일러주었다. 건강한 농촌만이 진정한 삶을 보장해줄 수 있다는 것을 우리 곡물이 똑똑히 보여준다.

쌀을 보약補藥 중에 상약上藥으로 꼽았다는 이유를 세월이 흐를수록 체득하게 된다. 그 맛이 구수하고 담백한 이유도 사계절 뚜렷한 자연환경에서 오는 것이 아닐까. 수입밀 빵 냄새에

선 느껴볼 수 없는 맛이 우리 곡식에는 들어 있다. 그런데 황금 물결 없는 세상을 그릴 수 있을까. 그것은 곧 자신을 포기하는 일이다. 살아 있는 들판만이 싱싱한 밥상을 가져다줄 것이다. 풍년가가 세상에 울려 퍼질 때 모든 삶이 풍요로워지는 법이다. 그러고 보면 들판의 보초병을 만날 날도 멀지 않을 것 같다.(2009년 10월)

운동이란 의미는!

강아지가 뛴다. 수상한 소리에 몸 둘 바를 모른다. 짖어야 할까 물어나 볼까. 거듭 고심을 한다. 눈을 부릅뜨고 으르렁 대기도 해본다. 있는 힘을 다해 위협을 하지만 상대는 꿈쩍도 않는다. 이 괴한을 어찌 물리칠까, 정말 피를 보여야 할까. 하지만 참아보자. 어찌 들으면 마음이 편안해지기도 하고 한편으로는 한밤중 담벼락을 타던 도둑의 발자국 소리 같기도 하다. 쉬이 마음의 갈피를 잡을 수 없다. 우선 나도 한번 밟아보아야겠다.

겨울날 산행길에서 강아지의 속내를 점쳐본 일이다. 발목이 푹푹 빠질 만큼 쌓인 낙엽 밟는 내 발자국 소리가 산책 나온 멍멍이에게는 무척이나 불편하면서도, 신기한 소리로 들렸나 보다. 어찌 들으면 정겹기도 하고 한편으로는 불쾌하기도 했던 것 같다. 나에게 있는 힘을 다해 위협을 하는 듯하면서도 자제를 하는 것 같은 모습이 그러했다. 그러다 자신이 소리의 의미를 알아야겠다는 생각을 한 듯 낙엽 위를 한껏 뛰고 또 뛰기도 하였다. 괴이한 소음이 아니고 훈훈한 정감 있는 느낌으로 와

136

닿았을까. 마치 녀석은 소리의 정체를 찾는 듯 멈출 줄 모르고 달리고 또 달렸다.

정녕 자연이 주는 고마움은 이만큼 큰 것이다. 모두와 친화하기도 하고 진정 생명의 탄생과 힘을 보여주기도 한다. 또 시간의 흐름도 산을 찾으면 가장 빨리 느낄 수 있다. 생동하는 봄도 이곳에서 만나고, 지칠 줄 모르고 뻗어가는 울창한 숲의 열정에서도 여름나기를 잘 배운다. 낙엽들로 인해 얻는 오늘의 푸근함은 한 마리 동물에게 호기심 어린 감정을 드러내게 한다.

운동은 흙길과 함께하는 등산 이상 없다고 생각한다. 흙은 만물을 소생시키는 역할을 하기에 인간에겐 뇌를 항상 깨어 있게 도움을 준다. 시멘트 길은 짧은 시간만 걸어도 피곤하지만 흙길은 장시간에도 별 고단함을 주지 않는다. 맑은 공기와 함께하는 운동은 더 말해 무엇 하랴. 자연 앞에 서면 누구든 순수해지는 것은 일상에 젖었던 모든 찌꺼기들을 다 토해내어도 말없이 받아주는 그 넉넉함이 있어서이다.

헬스나 에어로빅 등의 운동이 요즈음은 일반화되었다. 바쁜 현대인들에겐 도심한복판에서 산을 찾기가 쉽지는 않다. 하지만 진정 건강을 생각해본다면 매일이 아니어도 틈나는 대로 산길을 이용하는 것이 실내에서 하는 운동보다 훨씬 더 효과적이라는 게 내 생각이다. 건물 안에서 하는 운동은 왠지 갖은 공해를 생산하는 듯해 영 내키지 않는다.

뿐만 아니라 그런 운동 인구가 늘어난다면 자리를 만들기 위해 바다를 메우고 산을 깎아야 하는 자연훼손이라는 부작용도 낳게 된다. 물론 동호회가 있고 친목이라는 이유가 좋은 점도 되지만 자연에서 얻어지는 효과만큼이야 하겠는가. 인공적인 것은 불완전을 낳는 경우가 더러 있으니까.

농촌 일손 돕기에 공감을 가져보는 것도 좋은 일이다. 농사일은 노동이지 운동이 아니라는 말들을 한다. 일손 돕기는 반드시 우리에게 운동이 된다. 노임을 따지지 않는 순수한 봉사 활동에 농장주들이 무리한 요구를 하지 않는다. 그저 받는 감사함과 베푸는 아름다움의 관계 속에 우리의 건강도 챙길 수 있다. 그러한 교류는 계산된 논리로 살아온 각박한 인심을 소박한 정으로 되살리는 데도 일조를 한다. 현대라는 미를 추구하다 잃어버린 미풍양속이 그렇다. 일손 돕기는 바로 그 길을 찾아나서는 길이다.

자연의 최대조건이 갖추어져 있는 곳도 농촌이다. 햇살, 바람뿐 아니라 흙 기운 속에 살아 숨 쉬는 그 모두를 만날 수 있다. 하물며 사람이 받는 이로움이야 더 말해 무엇 하랴. 삶의 근본이 있고 조상들의 자취를 만날 수 있는 곳, 진정한 생활의 터전이 시작된 곳임을 농작물들과 함께해보면 더 깊이 느끼게 된다.

흙을 통해 자연의 생리를 알아보면 빌딩 숲에 길들여진 습관이나 현대 문명의 장단점도 찾아볼 수 있다. 생명의 태동을 전해주는 자리에 사람의 손길만 더해보자. 진정 풍성한 결실을 가져다주는 그곳이 우리가 돌아가야 할 모태임을 알게 된다. 그뿐인

가. 일손이 부족해 묵혀둔 땅을 호미와 삽 등 농기구로 다시 일구어보면 연약해진 도시인들의 팔뚝은 힘줄이 불끈불끈 솟아나는 건장한 청년의 에너지로 태어나게도 될 것이다.

나는 도시에서 여러 시간 하는 운동보다 농촌에서 일하는 짧은 시간이 더 좋은 효과를 가져온다고 믿는다. 쉬는 날 나들이 삼아 가족동반으로 농촌 들녘에 서보자. 가슴 깊숙이 스며드는 자연의 향기는 이 세상 어떤 것과도 바꿀 수 없는 소중한 자산임을 알게 될 것이다. 여럿이 잠깐이라도 일손을 돕는다면 버려진 빈터는 다시 농토로 돌아오고 농민의 기쁨은 말할 수 없이 커지기도 할 터이다. 조금이라도 더 생산되는 농산물은 오염된 수입품을 멀리하는 데 기여할 것이고 모두의 건강과 수익성을 높이는 데 한몫하는 것은 두말할 필요가 없다.

정말 이런 의식 속에 우리가 살아간다면 협동이라는 구조가 다시 뿌리내리는 결과를 가져올 수도 있다. 한 개 한 개 따주는 풋고추가 농촌을 살리는 힘으로 이어지고 한 잎 한 잎 깻잎을 따 모으는 것이 운동도 된다. 아무리 강조해도 모자람이 없는 이곳이야말로 진정 우리의 고향이 아닌가.

그렇다. 도시화된 생활은 고향이라는 의식에서 멀어져왔다. 분업화는 개인주의를 낳았고 그렇게 나타나는 이기적인 성향은 개성으로 불리기에 이르렀다. 섭리며 윤리의 잣대도 이제는 선택이라는 이름하에 정당화되기도 한다. 과거의 규범이나 이치는 낡은 관습으로 치부되는가 하면 그에 준하지 않는 삶이라도 내가 원하면 도덕이 되는 삶, 그게 진화하는 삶일까.

흙과 생물들은 본래의 자리를 철저히 지켜오고 있다. 소생의 의무도, 섭리를 거스르는 일도 없다. 편리를 위해 순리를 떠나지 않는 게 흙의 본질이다. 정신운동, 육체운동 그 모두를 가르쳐주는 곳이 바로 산길과 들녘이다. 어찌 저 강아지 낙엽 밟는 소리가 정겹지 않겠는가.

나도 강아지 녀석을 따라 힘껏 달렸다. 푹신푹신한 산길을 꽤 오랜 시간 달렸다. 다리는 더욱 힘이 솟는다. 더 상쾌해지는 기분에서 흙을 덮고 있는 낙엽의 효과를 느낀다. 이것이 바로 진정한 운동이라고 멍멍이에게 속삭여본다. 내일은 더 힘껏 달려보자고.(2009년 12월)

근채삼덕 芹菜三德

땅 밑을 흐르는 개울물 소리는 태동하는 생명의 울림으로 다가온다. 계절이 바뀌는 소식은 물론 신비로운 소식도 넉넉히 품고 있으리라는 느낌이 든다. 천지가 꽁꽁 얼어붙는 시각에도 파란불 밝혀놓고 환희의 몸짓으로 길손을 맞이하는 얼음 속 미나리가 그런 기분에 젖게 한다.

유리벽 같은 얼음장 밑에서 독야청정하는 근채삼덕의 주인공은 우리가 맞이하는 꽃샘추위와는 아무런 관계가 없다. 아직 춘삼월이라 꽤 물이 차갑기도 하지만 사계절 푸르름을 잃지 않는 그들 앞에서는 추위도 싹 가셔버린다. 오히려 몸과 마음이 더 따스해지는 기분은 이 야채가 갖고 있는 품격에서 오는 이유인지도 모르겠다.

살얼음이 동동 떠다니는 물 깊숙이 손을 넣어본다. 내 손안에는 어느새 초록물빛이 어우러진다. 싱싱하기 짝이 없는 미나리를 살짝 뜯어 올리면 왜 유독 이 식물에 품격이라는 이름을 붙였나 하는 점을 알 수 있다. 단 한 점도 세상풍파에 흐트러진

빛이나 자세를 느낄 수 없으니 말이다. 맑기가 그지없는 향이 그렇고 더할 수 없이 청명한 하늘빛을 품어내는 빛깔이 그렇다.

옛 선인들은 우선 나무의 일품으로는 사시사철 푸른 소나무요. 꽃의 일품은 눈 속에 피는 매화이며 야채의 일품으로는 미나리를 꼽았다. 거기다 미나리는 삼덕까지 일렀으니 역할이 보통이 아님을 말해준다. 식물에 품격을 매긴 것은 아마 미나리뿐이지 싶다.

삼덕三德이란

첫째 덕을 가리키는 것은 음지를 가리지 않고 잘 살아내는 의지를 말한다. 음지의 삶은 누구에게나 고달프기 마련이다. 아니 만물은 음지에서는 잘 시드는 게 보통이다. 그런데 이 야채만큼은 그늘진 자리를 싱그러운 공간으로 만들어 나간다는 점이다. 미나리를 보고 있으면 구김살이라는 단어가 왜생겼을까 하는 의구심까지 든다. 우리 조상들이 이런 내용을 일덕一德으로 꼽았던 이유는 지금의 조건을 두고 이르는 말이지 싶다.

둘째 덕으로 여겼던 이유는 혹 이 점 때문이 아니었을까. 물을 떠나선 살 수 없는 식물일 것 같지만 그게 아니라는 점이다. 곳곳에 물 부족 난리를 겪어도 본래의 푸른빛으로 지조와 일편단심을 지킨다. 인심마저 타들어 가도 미나리는 좀처럼 타지 않는 인내를 가지고 있다. 정녕 그들은 희망과 용기와 생명력의 신화 같은 존재인가. 자포자기와 절망과 무력감에서 해방시켜주는 절대적인 식물일까. 이런 점을 두고 이덕二德이라 불렀음은 그 누구도 부인할 수 없었을 것 같다.

셋째 덕으로는 속세를 상징하는 진흙탕 속을 정화하는 능력으로서는 미나리를 따라올 식물이 없다고 한다. 하수구에서 흘러나오는 갖은 오수들을 가림 없이 수용하고 흡수하여 푸르른 자신들로 태어나 맑은 환경으로 되돌려 주는 게 미나리라는 것이다. 어쩌면 지구를 지키는 어머니라 불러도 괜찮지 않을까. 선악과 우열을 가르지 않고 포용한다는 의미가 삼덕三德임을 말해주고 있다.

그렇다. 일찍이 옛 선인들은 아버지를 소나무와 매화에 비유했고 어머니를 미나리로 칭하기도 했다. 이 세상에 어머니라는 단어만큼 고귀한 이름이 있던가. 더러운 물을 걸러 생물에게 새 생명을 주는 극진한 희생이야말로 어머니가 아니고선 이루어낼 수 없다. 이처럼 미나리가 삼덕이라는 이름을 얻기까지는 그만큼 덕이 있었기에 가능했으며, 오늘날까지 믿음으로 이어오지 싶다.

근채삼덕이란 미나리가 가진 세 가지 덕을 두고 이르는 말이다. 삼덕의 주인으로 꼽혔던 이 식물은 사람들이 살아가는 데 적지 않은 영향을 주었다. 무엇보다 환경의 지배를 받지 않는다는 게 장점 중의 장점이다. 흔히들 인간은 환경의 동물이라 말한다. 하지만 미나리는 그것을 초월했다는 데서 만물의 영장인 우리가 삼덕으로 꼽고 있는지도 모르겠다.

이래서 다산 정약용 선생은 18년이란 유배생활 동안 미나리물 주기로부터 아침을 맞이하였을까. 자신이 기거하는 다산 초당 넓은 마당에 미나리꽝을 만들어놓고 근채삼덕의 의지를 음미하였다고 한다. 혹여 사계절 푸른빛을 잃지 않는 오묘한 이치에서 그 모든 것을 알아보고자 했을까. 아니면 베어도 쑥쑥 새잎을 들어 올리는 모습에서 성장 혼의 신비를 체감하려 했을까. 또는 흘려버리기 아깝도록 풍겨내는 싱그러운 향내에서 맑은 혼을 감지하려는 뜻이었을까. 선생이 남긴 목민심서에서 그 의미가 되새겨지기도 한다.

우선 제자들의 도움을 받으며 손수 지었다는 다산초당에 들어서면 책상에 앉아 집필하는 선생의 초상화가 그 모든 것을 전해준다. 500여 편의 저서를 남기기까지, 하나하나 휘어지는 손마디를 잡으며 학문에 생을 바치던 선생의 영상은 봄 미나리만큼이나 싱그러운 빛으로 다가선다. 자신의 수족이 삭아도 목민관의 길을 안내하는 데 게을리하지 않았다.

유배지에서도 이곳 농민과 어민의 힘겨운 생활 속으로 파고들어 서리胥吏들의 혹독한 착취의 실상을 폭로하는 근황들은 근채삼덕과 다를 바 없다. 세상 오염 찌꺼기는 다 받아 마시고도 싱싱한 자태를 자랑하는 미나리이야말로 목민심서이자 다산 정약용 선생이 아니겠는가. 여느 선비들 같으면 변방을 떠나려는 마음에서 자신의 몸을 사리기도 하지만, 한 포기 미나리처럼 세상정화를 위해 일신의 싱그러움을 절대 버리지 않았던 것이다.

그래서일까. 나는 봄이 오기 바쁘게 작은 들녘을 찾는다. 삼덕의 이치를 알고부터 동화되어보고 싶어서이다. 크게는 환경과 자리를 탓하지 않는 그들의 자세를 절대 놓치고 싶지 않은 마음이기도 하다.

내 식탁에 빠르게 봄이 왔음을 알리는 것도 미나리이다. 그 향과 맛은 겨우내 묻어 있던 칙칙한 공기를 몰아내는 역할도 한다. 초고추장과 어우러진 맛은 영락없는 밥도둑이다. 그득했던 소쿠리가 마치 도깨비가 훔쳐 간 듯 금방 바닥을 드러낸다.

어느새 내 가슴에 미나리를 가득 심은 기분이 든다.(2010년 3월)

어느 들녘의 농부

그 사람이 궁금했다. 다른 사람에 비해 일하는 시간도 짧았다. 바쁜 농사철에도 일찍 귀가를 하는 편이었다. 평소 활동량을 보면 건강에는 문제가 없어 보였다. 그런데도 일터에 긴 시간을 머물지 않은 점이 이상했다. 농군 견습생은 분명한데도 여유로운 시간을 가졌다. 50대 후반의 나이로 도시에서도 한창 일할 시기인데 이곳을 찾아들었다.

어느 날 친구가 살고 있는 시골을 방문하면서 이런 사실을 듣게 되었다. 웬 낯선 부부가 어느 날 이곳을 찾아 버려진 집과 농토들을 헐값에 사들이더란다. 땅 투기가 일려나, 주민들은 두려움 반 기대 반으로 그들을 지켜보았다.

진짜 대박을 터뜨릴 금싸라기 땅을 만들어 줄 사람일까. 아니면 낭만으로 찾았다가 정들자 떠나는 나그네일까 이런저런 의문은 동네 사람들의 마음을 아리송하게 부풀려 놓았다. 그러나 2년이 지나도록 부부는 하루 한나절 정도의 일을 하며 한가롭게 농부의 자리만 지켰다.

알고 보니 그는 어느 도시 중견기업에서 정년 퇴직한 50대 가장이었다. 아직 정년이라는 이름을 달기에는 청년 같은 느낌도 없지 않았다. 탄탄한 체구며 빠른 동작 하며 귀농 가족으로서 손색이 없어 보일 만큼 야무진 사람이었다.

아마 긴 노동시간을 갖지 않는 이유는 욕심부리지 않는다는 뜻일 수도 있겠다. 도시의 길들여진 습관을 바꾸는 일도 쉽지 않을뿐더러, 그저 소일 삼아 빈 터전을 가꾸고 흙과 더불어 건강을 챙긴다는 생각이었을지도 모른다. 친구로부터 이야기를 전해 들으면서 도시에서 남아나는 인력들을 생각해 보았다.

가끔 등산길에서 젊은 사람들을 만날 때면 그 부부의 삶을 떠올려본다. 산행길에서 흘리는 땀과 시간들을 농촌으로 모아보면 어떨까. 왕성한 체력을 과시하는 사람들을 볼 때면 그런 생각이 든다. 하루 3~4시간 하는 운동을 흙과 함께 해보자는 게다. 그러면 최소한 자신의 생활을 자급자족하는 것은 물론 여러 사람의 먹을거리가 생산되리라 여긴다. 큰 소득에 마음 쓰지 않고 윤택한 노후를 위한다는 생각으로 임해도 노화된 고향이 살아날 수 있다는 게 나의 견해이다.

도시에서는 한 발자국만 나서도 돈이다. 수입이 넉넉하지 않으면 소비에 인색하게 되고 위축감도 생긴다. 그러다 보면 상호 간의 인정과 교류도 뜸해질 수밖에 없다. 이럴 경우 귀촌이란 게 얼마나 순수한 발상인가.

불경기니 명퇴니 앞당겨진 정년이란 일들로 예전과 달리 한창 일할 나이의 사람들이 눈에 많이 띈다. 과거의 한낮에는 노부부나 아녀자가 대부분이었지만 이제는 건장한 남자들도 자주 만난다. 개중에는 물론 실업자도 있겠고 현재 귀촌 부부와 같은 사람도 있을 게다. 지금까진 남자는 가정보다 일터가 우선이라 할 만큼 사회적 존재로 여겨왔다. 오래전만 해도 남자가 직장을 잃으면 아주 무능력한 사람으로 생각했다. 이제는 이런저런 형편들로 연장된 수명은 그런 의식을 바꾸어놓았다. 충분한 노동력이 있는 사람들도 많이 놀고 있는 추세다. 내가 만난 귀촌 부부는 농촌에서 땀을 흘리며 그 능력을 활용하고 있는 것이다.

이곳 부부가 예사로 보이지 않는 이유는 지금까지 보아오면서 느낀 의식을 깨우쳐주었기 때문이다. 도시에서 소비할 에너지로 우리 조상의 숨결과 삶의 근본을 이루고 있는 모태를 지켜가고 있다. 텅 빈 들판의 일꾼으로 태어나는 일이 그리 쉬운 일인가. 비록 소일 삼아 하더라도 농사일은 힘이 드는 법이다. 누구보다 나는 그들의 뜻에 박수를 보내는 사람 중에 하나이다.

50대라면 손주 녀석을 둘 나이이기도 하다. 그 아이들은 농촌을 모르고 살아갈 세대들이다. 교과서를 통한 간접경험만이 지식이 된다면 안타까운 일이 아닌가. 그러고 보면 먹을거리 현장을 모르는 아이들을 위해 몸소 실천을 하고 있는 사람이 현재 부부인 게다.

일요일이면 손주들을 맞이할 기다림에 이곳 생활을 더욱 아끼고 사랑할 그들이다. 밀짚모자 눌러쓴 할아버지 모습도 자랑하고 햇볕에 탄 피부를 뽐내는 익살 섞인 할머니도 만나게 할 생각이다. 흙에 단련된 근육질의 팔뚝은 더 없는 자랑거리 아닌가. 흙손으로 토닥이는 손주 녀석 엉덩이에는 넘치는 사랑이 솟아나겠지. 굳은살이 박인 손이라면 더더욱 자랑스럽겠다. 흙은 그 모두를 승화한다는 것을 일러주면서 말이다.

그동안 이루어둔 들판에 손주들을 신나게 달음박질 시키며 도시의 거리를 잊게 하는 것도 한 방법이겠다. 도시의 소음을 떠나 자연이 빚은 소리에 고운 정서를 담아내는 그런 놀이를 말이다. 이 세상 무엇과도 바꿀 수 없는 소중한 교육이라 생각하며 할머니, 할아버지로서의 자긍심도 크리라 여긴다.

이것은 땅콩, 요것은 수수, 이놈은 청보리, 농작물의 이름을 가르치는 할아버지의 손주 사랑도 이곳이 아니고는 배울 수 없다. 호기심에 눈길을 떼지 못하고 도취될 녀석들의 표정은 상상만 해도 귀엽다. 교과서에서 본 식물이 살아 있다는 것이 얼마나 신기할까. 그 경험을 통해 교실 공부도 더욱 신나게 할 수 있겠지. 가공된 도시공간에서 지내다 보면 살아 움직이는 전원생활의 활력이란 참으로 귀한 자원이 아닐 수 없다.

모든 것은 너무 자연적일 땐 융통성이 적을 수 있고 인공적인 것만 고집하면 각박해질 수 있는 법이다. 그런데 지금 귀촌부부의 삶은 두 가지 면을 모두 보여주고 있다. 시골 생활을 통해

도시 아이들에게 삶의 근본을 알려주고 있는 것이다. 모든 생명들이 살아 숨 쉬는 곳, 농촌의 깨끗한 물과 공기가 있으므로 도시가 존재한다는 것을 이들이 말해주고 있다.

할머니 할아버지는 손주를 기다리고 손주들은 할머니 할아버지 곁으로 달려가고 싶은 곳, 얼마나 좋은가 도시와 농촌을 이어가는 삶이…. 이런 여건을 만든다면 미래 세대의 인성은 더 바랄 게 없다. 각박하지 않고 어리석지 않은 사람, 우리 모두가 원하는 이상형이다. 바로 지금의 귀촌 부부들이 그런 세상을 그려내고 있다.(2010년 8월)

청개구리

충혈된 눈이 애처롭다 못해 처량하기까지 하다. 꺾어 넣어준 나뭇잎에 앉아 온종일 하늘만 바라본다. 고향에 대한 향수 때문인지, 불효가 눈물샘을 만들었는지 우수에 찬 모습은 시간이 지날수록 깊어지는 것 같다. 설마 내일은 맑은 눈을 볼 수 있으리라 여겼지만 다음 날도 그다음 날도 마찬가지였다. 작은 유리병이 제 집이 된 지 2주째가 된다.

청개구리가 우리 집으로 왔다. 시골에서 가져온 야채 잎에 붙어 냉장고에서 일주일을 살았다. 몸 전체가 초록빛이니 다듬는 과정에도 발견되지 않았다. 그 생명력에 놀라 딴 곳으로 보내지 못하고 함께 생활하고 있는 중이다.

정말 대단하지 않는가. 자신의 목숨을 끈질기게 지켜내는 그 힘이 말이다. 물론 배 속에 저장된 물질이 큰 역할을 한다지만 그래도 놀랍다는 생각이 든다.

청개구리는 가을에 먹은 걸 배 속에 비축해둔다. 글리세롤 같은 기름을 녹여 먹으며 겨울을 견뎌낸다. 하지만 공기와 차단

된 냉장고에서 일주일을 살았다는 점이 놀라운 일이다.

물론 플랑크톤의 영양도 있겠다. 혹여 싱싱한 무농약 야채를 있게 한 먹이사슬의 1차 생산자인 식물성 플랑크톤이 청개구리의 힘을 길러놓았을까. 아니면 몸속에 저장된 에너지가 기적의 산소를 만들었을까. 알 수 없는 생명의 신비감이 선명한 녀석의 모습에서 느껴진다. 기적의 산소라면 녀석들의 의지에서 일어난 것이 아닐까. 지극한 효성이 생명력으로 이어져 어떤 악조건도 견뎌낼 수 있는 힘이 생겼으리라는 내 나름의 상상을 해본다.

크기며 동작이며 어릴 적 보았던 청개구리 그대로였다. 변화된 시간 속에 변하지 않은 일도 쉽지 않거니와 가족들과 겨울나기를 하지 않고 왜 이곳까지 왔는지 그 의문도 커지기만 한다.

혹여 동면의 자리가 편치 않았는지, 농약에 물든 농촌이 더 이상 옛날의 보금자리가 되지 않았는지 궁금증은 자꾸 커지기만 한다. 그러던 어느 날 농부가 키운 무공해 풀잎에서 옛 고향의 정취를 느꼈을까. 아니면 어머니에 대한 한 맺힌 그리움을 가졌을까. 녀석을 보는 내 마음은 꼭 편치만은 않다.

그러나 온종일 하늘만 바라보는 녀석은 모든 내용을 말해주는 듯하다. 불효에 대한 한으로 평생을 눈물로 살았으니 어찌 눈빛이 맑을 수 있으랴. 지금도 곧 눈물이 흐를 듯 참회의 눈빛이 절절하다.

왜 엄마와 반대 되는 길만 고수했을까. 지나고 나면 후회만 남는걸. 엄마는 영원히 자식을 지켜주리라 믿었고 무조건 사랑을 베푸는 줄만 알았다. 감히 효孝가 있으리라고는 생각을 못 하였다. 평생을 눈물로 살아오면서 효가 윤리도덕의 근본임을 뒤늦게 깨닫고 보니, 지난 세월의 무례함이 용서가 되지 않는다.

어쩌면 그리움 속에 철이 드는가 철이 들면서 후회하는가 그 후회가 결국 평생 눈물샘을 만들고 말았는가 싶다. 언제까지 곁에서 무덤이나 지키며 평생을 살고자 했지만 그 실천마저 할 수 없으니 더욱 기가 찰 노릇이다. 자신도 이곳으로 떠나와 버렸으니 딴 형젠들 그곳에 남아 있겠는가. 먹구름이 몰려오면 비가 적게 내려주기를 간절하게 기도 올리곤 했는데 이젠 그것도 할 수 없어 태산 같은 걱정만 앞설 뿐이다. 이러니 잠시도 눈을 감을 수 없고 하늘에서 눈을 떼면 불안해서 견딜 수 없는가 보다.

그렇다. 정말 녀석에게서 단 1초도 아래로 향하는 눈을 보지 못했다. 한 점 미동도 없이 철저한 훈련병의 모습이다. 행여나 비구름이 몰려들지 않나 큰비는 내리지 않을까. 어머니의 무덤을 지키기 위한 만반의 준비로 살아온 모습이 역력하다. 얼마나 사무쳤으면 저토록 애절할까. 잠시도 감을 수 없는 눈이 많이 피곤할 텐데 오히려 바라보는 내 눈이 피곤하였다.

한 마리 미물의 감정도 이러한데 하물며 사람은 말해 무엇 하랴. 어쩌면 이곳으로 찾아온 청개구리가 삭막한 도시의 인심을 회복하라는 질책으로 와닿기도 한다. 마치 이 시대의 문제를 말해주듯 녀석의 슬픈 눈빛은 더욱 그 점을 강조하는 듯하다. 사실은 그렇지 않은가. 그래도 녀석들이야 엄마 사후의 세상을 지켜내지만 우리들은 그렇지 못한 점도 있으니 말이다.

실은 살아 있을 땐 순탄하지 않은 내 앞길을 부모 탓으로 돌리기도 한다. 이 세상에 태어나게 한 사실마저도 원망하는 일도 있다. 그마저도 부족해 일 년에 한 번 지내는 기일도 챙기려 하지 않으니 어찌 오늘 나타난 녀석 앞에 부끄럽지 않으리.

2주간 함께한 녀석을 제 고향으로 보내려 한다. 오늘 만난 너를 위해서도 기꺼이 좋은 환경을 마련하겠다며 따뜻한 마음으로 보낼까 보다. 어떤 시대적 변화에도 동요하지 않고 어머니의 무덤을 지키는 효자가 되라는 간절함도 전하려는 생각이다. 오늘, 도심을 찾아와 많은 교훈을 주고 가는 널 잊지 않겠다는 다짐도 깊이 새겨둘 참이다. 어쩌면 감정만으로 살아가는 너희들이 있어 우리들이 순수해지는지 모른다고 정성 어린 인사도 보내야겠다.

혹여 훗날 다시 만나는 날이 오면 지금보다 더 성숙된 재회를 하자며 마지막 작별의 언약을 꼭꼭 새겨두기로 했다.

건강한 녀석들을 지키는 일은 우리의 몫이다. 하루빨리 오염에서 벗어나 청정한 공기 속에서 효도할 수 있는 환경을 만들어주어야 한다. 그러면 이곳 도시에도 주저 없이 찾아와 특유의 울음으로 삶의 질서를 깨우쳐줄 것이다. 사라져가는 현대인의 정서를 누구보다 앞장서 일러줄 청개구리의 효성을 우리는 잊지 말아야 할 일이다.

어느 들녘에 놓아주고 돌아오는 길에 녀석의 절절한 효행가는 잠시도 내 귓전을 떠나지 않았다. '갸갹갸갹, 개굴개굴…' 녀석들의 아들, 손자, 며느리 동지들의 합창인 듯했다.(2010년 9월)

독초의 변신

붉은 토마토는 정열로 불타오르는 연인들의 심장을 비유하기도 한다. 화려한 빛이 아니어도 무게와 지조를 말해줌이 그렇다. 뜨거운 태양열만큼이나 강렬한 빛의 놀라움도 전한다. 역할의 신비로움은 물론 열정을 대변해주는 점도 대단할 정도다. 연약함이 갖는 강인함은 어느 식물도 따라올 수 없을 만큼 강한 여운도 준다. 찬찬히 살펴보면 모성애적인 사랑은 물론 왜 연인들의 달아오르는 심장에 비유했는지 그 이유를 알게 된다. 더욱 자세히 관찰하면 인내와 의지력의 대상으로도 충분히 여길 만하다.

그래서 독초로 불리었을까. 어떤 식물은 독성이 강할수록 고운 자태를 지니지만 토마토는 그렇지 않아 궁금증은 커지기만 한다.

멕시코 지역에서 전 세계로 퍼진 토마토는 19세기 초반까지 독초로 불리어 홀대를 받았다. 미국의 3대 대통령 토머스 제퍼슨에 의해 먹을거리로 인정받게 되면서 많은 사람들에게 보급이 되었다.

어느 날 제퍼슨 대통령이 길을 가다 우연한 기회에 누군가의 집 정원에 조롱조롱 달려 있는 토마토를 발견하였다. 왠지 그 모습이 예사롭게 느껴지지 않았고 숨은 자태가 특이한 성질을 가졌으리란 예감이 들었다. 그 집 소녀에게 따주길 부탁했다. 이 열매는 독이 있어 절대 먹을 수 없다며 강력히 거절하였다. 그러나 좀체 눈길이 떠나지 않는 대통령은 소녀를 간곡히 설득해 시식을 하여 우리와 함께하게 되었다는 일화가 있다. 이처럼 특정 채소가 안전하게 인류의 식탁에 오르게 된 것은, 누군가 독초에 의해 희생되었거나 이를 두려워하지 않았던 용기 있는 조상이 있었기에 가능하였다.

독초의 두려움도 물리칠 만큼 토마토가 지닌 매력은 어디에 있었을까? 한 나라 지도자가 생명의 위험을 무릅쓸 만큼 호기심을 가진 토마토만의 장점은 무엇인지 바라볼수록 궁금함을 떨칠 수 없다.

우선 여린 줄기에 주먹 크기의 열매를 매단다는 것이 어떤 힘을 느끼게 한다. 좀처럼 처지거나 부러지지 않는 근원에 절체절명의 의미를 내포하고 있다는 생각도 든다. 즉, 사람의 튼튼한 체력과 생산성에 비유되는 에너지를 말한다고 할까.

나는 제퍼슨 대통령이 감히 독초와 맞설 수 있었던 것은 줄기와 열매가 지니고 있는 오묘함에 이끌린 것이라고 생각한다. 연약해 보이지만 강인하고 부러질 듯하면서 스러지지 않는 그 힘에서 일반 독초와는 다른 점을 느꼈을지 모른다. 문득 모성애

적 사랑, 즉 줄줄이 어머니 치맛자락에 매달리며 자라났던 자신의 어린 시절이 토마토의 생과 닮았다는 생각을 하였을 수도 있겠다. 토마토 줄기는 허리가 휘어지도록 일을 하던 이 세상 어머니들의 모습이고 노동에 지친 여인들의 삶이라 여겼으리라. 골몰에서 헤어나지 못했던 당시로서는 허리 살 한 번 오를 여유도 없었다. 앙상한 뼈만 남은 어머니들의 모습에서 토마토 줄기와 흡사하다는 점을 발견하였을 수도 있겠다.

튼실하게 잘 익은 열매는 곧 자신이라 상상하였을까. 연약한 듯한 몸에서 태어난 분신인 토마토가 이 세상 모든 자식이라는 상상도 하였을 것 같다. 어쩌면 가녀린 줄기에서 어떤 크기에 비할 바 없는 강한 모성애를 느꼈으며 열매는 인물의 상징으로 여겼을 수도 있겠다.

역시 토마토는 우리 모두였다. 가녀린 듯하지만 편안해 보이고 인내와 책임감으로 어느 식물보다 튼튼한 역할을 한 게 토마토 줄기였다.

토마토 제퍼슨 덕분에 만인이 즐겨 찾는 새로운 먹을거리가 대중화되었다. 토마토는 이 세상 어떤 뜨거움도 따라가지 못하는 남녀 간의 불타는 사랑의 열정에 비유되기도 하고, '사랑의 사과, 천국의 사과'라는 유럽전역의 애칭으로 불릴 만큼 영양적인 면에서도 높이 평가받고 있다.

'토마토가 빨갛게 익으면 의사의 얼굴은 파랗게' 된다는 재미있는 말도 있다. 그만큼 환자 수가 줄어든다는 뜻으로, 토마토는 피로를 풀어주며 신진대사를 돕는 비타민의 보고로 동서를 막론하고 인정받는 편이다. 이러니 영업적인 차원에서야 의사들에게 근심이 생길 수밖에 없다. 하지만 건강이 지상최고의 행복이라면 그로 인해 울어야 하는 사람이 있다는 것은 즐거운 투정이 아닌가.

이런 일을 두고 볼 땐 우리가 살아가는 터전은 누군가의 바른 희생이 있었기에 건재하고 있음을 알 수 있다. 가벼이 여길 수 있는 식물에게서조차 애정을 버리지 않았던 한 사람의 결정은 대통령이기 전에 극진한 애정이 있었음을 말해준다. 무엇이든 개발해서 복된 삶을 열어주자는 인류애가 오늘의 토마토를 탄생시킨 것이다.

'크게 버리는 자는 얻을 것이요, 얻고자 하는 자는 잃을 것이다'라고 했다. 송두리째 자신의 목숨을 내놓음으로써 미국의 위대한 대통령은 오히려 그 모두를 얻었다. 언제 어느 곳에서든 나를 던질 수 있는 각오만 선다면 세상일이 두려울 게 없을 텐데 그 일이 어디 쉬운 일인가. 이 글을 쓰면서 마음의 그릇을 키우는 일이 중요하다는 점을 다시 생각해본다.

그리고 열매가 갖는 성분에도 한층 신경을 쓰게 되었다. 사람들을 유혹했던 매력을 이제는 우리 식탁에서 이용해보려는 생각이다. 아이들이 즐겨 먹는 스파게티나 피자 등에 토마토가 많이 쓰이고 있다는 것도 좋은 일이다. 어떤 과일과 채소는 열을 가하면 영양이 파괴된다. 그러나 토마토에 들어 있는 '리코

펜'이라는 성분은 조리를 하면 흡수율이 더 좋아진다고 한다. 어느 학자는 토마토를 하루에 두 개 정도만 섭취하여도 우리에게 필요한 영양소는 섭취할 수 있다고 한다.

생활협동조합원들과 20여 년간 친환경 농사를 짓고 있는 경남 김해 대저마을 토마토밭 농장 풀 뽑기에서 참으로 많은 깨달음을 얻었다. 여러 해 일손 돕기를 하면서 줄기와 열매에서 신묘한 기운을 얻곤 했다. 튼튼한 줄기가 놀라웠고 굵은 열매가 신기했다.

뽑은 자리 북을 돋우며 우리 어머니들의 허리보다 튼튼한 줄기로 남으라는 말도 남겼다. 제퍼슨 대통령 같은 위대한 열매를 많이 생산하라는 간절함도 보냈다. 이처럼 소중한 먹을거리를 통해 꿈을 키워가고 복된 삶을 누린다는 것을 이곳을 찾을 때마다 느끼게 된다.

우리 모두 토마토를 통해 뜨거운 심장을 가져볼 일이다. '사랑의 사과, 천국의 사과'라는 애칭에 함께 동참하는 사람이 되어보자. 어느 먹을거리가 이런 아름다운 이름을 가졌던가. 어느 독초가 생명의 두려움을 물리칠 만큼 관심을 끌었던가. 어느 식물이 연인의 사랑에 견줄 만했던가. 독초가 변신할 수 있었던 까닭과 붉은 심장이란 타이틀이 왜 붙었는지는 토마토가 지닌 그 모든 것을 보면 이해할 수 있다.

이렇게 유월이 싱그러운 이유는 토마토가 내 곁에 있어서인지 모르겠다.(2011년 3월)

4
부

한번 놀러 오지 않을래?

고향집 담이 허물어져간다는 소식을 들을 때마다 그녀는 몹시 안타까워했다. 복잡한 도시의 삶을 갑갑해했고 잡초들이 들판을 메우고 있다는 소식에 마음을 놓지 못했다. 유독『상록수』소설을 좋아했으며 심취하는 자세도 강했다. 언제나 농군의 티가 났고 생태적 삶을 지향했다. 그러던 친구는 어느 날 정말 훌쩍 강원도 어느 산골로 찾아 떠났다.

평소에도 그녀는 짬 나는 대로 농촌 일손 돕기를 게을리하지 않았다. 차 트렁크에는 언제나 농기구들이 실려 있었고 지나는 길에도 농장에서 잠깐 하는 풀 뽑기를 자기 일과처럼 여겼다. 그저 생활 속 농군의 모습을 보여주었다. 어쩌면 그 습관에서 결국 농촌으로 돌아가기 위한 꿈이 시작되었는지 모른다.

정말 그렇다. 그녀가 귀향을 하면서 나도 농촌을 향하는 마음이 훨씬 깊어졌다. 그녀가 보내주는 농산물을 통해 건강한 토양을 다시금 되새기게 되었다. 기름진 땅에서 생산되는 먹을거리가 확실히 맛도 더해준다는 것을 느꼈다. 약품을 쓰는 것보다 전통적인 농법이 그런 작물을 생산해낸다는 것을 알았다. 양보다 질을 추구하는 법도 다시 인식하게 되었다. 오늘도 친구의 목소리가 전화선을 타고 울린다.

"한번 놀러오지 않을래? 까맣게 변한 친구의 모습도 볼겸…."

종종 수더분한 농군의 아내 목소리답게 초대를 하곤 한다. 버스를 이용할 경우 충북 제천에 내리면 자기 차로 안내하겠다는 그녀의 음성은 싱그러운 산바람처럼 내 영혼을 적셔준다.

예닐곱 살 적 떠나온 고향을 어떻게 가꾸고 변화시켜놓았을까. 수십 년 동안 버려진 논밭을 회생시키는 데 노고는 얼마나 컸을까. 부모가 경작하던 논밭의 두렁들이 허물어져 하나의 형태마저 없더라는 푸념 섞인 어조는 버려진 땅의 재건이 얼마나 힘들다는 것을 말해주고 있었다. 아예 점심도시락을 싸 들고 들판으로 나선다는 그녀의 하루일과는 오십대 아녀자가 이루어내기는 정말 무리가 있는 일이다. 그래도 용기와 체력이 넘치는 자태를 느낄 수 있어 건강한 논밭들로 태어날 것을 믿어 의심치 않았다.

귀농 5년여 가까워질 무렵, 논과 밭 3천여 평을 큰돈 들이지 않고 마련하였다. 친인척들이 버리고 떠난 논밭들의 허물어진 두렁을 만들고 산으로 변한 터전들을 새롭게 단장하였다. 그렇게 마련한 땅에 파종할 시기와 수확 시기를 수시로 알려오는 경쾌한 음성은 항상 바쁜 일손을 말해주고 있었다.

귀향을 하면서 그녀가 들인 돈은 고작 천만 원 정도, 방치돼 있던 집을 수리하고 도배하는 비용으로 충분하였다. 논밭을 사려면 지금의 몇 배까지도 마련할 수 있단다. 그저 경작만 해도 주인 입장에서는 감사히 여기는 처지가 이곳의 실정이었다. 흔히들 귀농하면 많은 돈이 드는 걸로 여긴다. 사실은 오래된 이농현상으로 우리 농촌은 폐허로 방치된 땅들이 너무 많다. 묵정밭은 가꾸는 사람이 주인이 되는 시대를 맞고 있다. 친구가 귀향한 동네가 그랬다.

올해 고추 수확은 각각 얼마나 될 것이며, 콩과 깨, 쌀 수확은 예상을 뛰어넘을 것 같다는 그녀의 활기찬 음성은 그래도 돌아가 안전하게 정착할 수 있는 곳은 우리 농촌이란 사실을 말해준다.

조금 있으면 강원도 찰옥수수 여러 상자가 배달될 예정이다. 삶아 냉동실에 보관하며 일 년 내내 우리 가족의 주전부리가 된다. 옛부터 옥수수 하면 강원도다. 찰기와 맛이 타 옥수수와는 확연히 다르다. 더구나 압력밥솥에 삶으면 더욱 쫄깃하여 그 맛을 한 수 더해준다. 타박 감자까지 덤으로 한 상자 보내주니 강원도의 특산물에 우리 가족은 즐거운 함성이다.

나도 이제 여러 농산물을 친구를 통해 구입할 수 있어 얼마나 편리한지 모르겠다. 수입 농산물에 대한 불안이 있던 참에 안전한 먹을거리의 생산하는 그녀의 등장은 참으로 고마운 기회가 되었다. 무엇보다 잡초만은 철저히 자신의 손으로 뽑는다니 제초제에서 해방된 일만도 다행이지 않는가.

언제든 해가 지면 귀가를 한다는 그녀는 들녘이 마치 자신의 방처럼 느껴진단다. 풀 매다 지치면 평상에 누워 어릴 적 꿈들을 구름과 함께 되새겨본다며 늘 건강한 삶을 전해주고 있었다. 드넓은 하늘을 터전으로 구애받지 않는 구름처럼 풍요로운 들녘의 이상이 그녀의 머릿속을 가득 채우고 있다는 생각도 들었다. 가장 높이 뜨는 새털구름엔 높은 이상을, 뭉게구름엔 평범한 일상을 수놓으면서 말이다.

남편과 단둘이 점심도시락을 먹으며 그 옛날 품앗이 대가족 분위기를 떠올린단다. 논바닥 가득 둘러앉아 볼이 미어지도록 가득 싼 쌈을 먹다 보면 어느 산해진미가 부러울까. 전화기에서 들려오는 그녀의 어눌한 발음에서 쌈밥을 입 가득 문 모습을 떠올린다.

친구의 이런 생활이 알려지면서 버리고 떠났던 농장 주인들이 견학을 오고 있단다. 자기 논밭이 새로운 주인을 맞아 단장한 모습을 보기 위해 방문하고 있는 것이다. 가끔은 농장주의 2세가 부모 땅을 찾는 경우도 있단다. 이미 부모는 세상을 떠났지만 선친이 남긴 땅의 재건된 모습이 그들에게 애향심을 불러온 것이다.

주말이면 방문객들의 인사를 받기가 바쁘단다. 자신들의 땅을 지켜줘서 고맙다는 격려와 칭찬이 화음을 이룬다고 했다. 그녀는 이제 농부로서의 꿈을 당당히 펼치고 있다. 돈 없이도 충분히 귀농을 할 수 있다.

그녀가 정착한 고향은 옛 모습을 찾을 날도 멀지 않은 것 같다. 떠났던 사람, 새로운 사람들로 북적거리는 동네로 태어나리란 기대도 만만치 않다. 고향을 다녀가는 사람들에게 푸성귀라도 들려 보내는 인정은 더욱 그들에게 애향심을 북돋아 준다. 더 많은 농토를 마련하여 내년에는 농장주들에게 쌀 한 가마니씩 보낼 생각이란다. 묵정밭들을 알토란 같은 옥토로 만들어놓고도 이제는 쌀까지 챙겨주겠다는 마음이다. 얼마나 따뜻한 농촌사랑인가. 그 사랑은 결국 훈훈한 정이 넘치는 고장으로 태어날 것이다.

내 마음은 어느새 그녀 곁으로 달려가고 있다. 땟국 전 아낙의 모습도 그려진다. 그 모습은 진정 우리 조상들의 삶과 내일의 희망이자 미래인 것이다.(2011년 6월)

보약補藥 그리고 상약上藥

산에는 '산삼' 바다에는 '해삼' 집에는 '밥삼'이라 했다. 세끼 밥 이상 없으며 예로부터 밥은 보약이라 상약上藥이라 했고 치료약은 중中, 하약下藥으로 믿었다.

허준의 『동의보감』에도 밥의 성질은 화평하고 달고 위장을 편안하게 하며 살을 오르게 하는가 하면 뱃속을 따뜻하게 한다고 나온다. 그리고 설사를 그치게 하고 기운을 북돋우며 마음을 안정시킨다는 말도 전한다. 이처럼 밥이 보약이라고 적혀 있는 허준의 『동의보감』이 세계문화유산에 등재된 것은, 동의보감의 의학적 가치가 높이 평가됐다는 뜻으로 해석이 된다.

오지여행가이며 국제구호 개발기구인 월드비전의 긴급구호 팀장 한비야의 일화도 유명하다. 에티오피아 여행 중 말라리아 약을 많이 먹어 현지에서 2주 동안 토하는 일이 있었다. 그러던 중 갑자기 한국 음식이 먹고 싶더란다. 2박 3일 동안 차를 타고 한국 대사관을 찾아 밥을 얻어먹고 원기를 회복했다는 기사는 지금도 잊히지 않는다.

쌀의 영양 가치가 이만큼 큰 것이었다. 한 연구가에 따르면 쌀 기름은 혈액에 있는 혈소판의 응고를 막아 성인병 예방에 효과가 높다고 한다. 쌀에 항변이원성 물질이 상당히 함유돼 있다는 사실도 기록했다. 특히 쌀눈에 많이 들어 있는 '가바'란 물질은, 혈액 내 중성지방을 줄여주고 간 기능을 높여 뇌 혈류를 개선하는 의약품으로도 연구되고 있다. 이처럼 쌀은 반만 년 장구한 벼 재배 역사를 이어왔다. 우리의 쌀이 강인한 체력과 우수한 두뇌를 키운다는 것도 세계적으로 인정하고 있는 편이다.

그런데 현실은 그렇지 않다. 쌀 소비가 점점 줄어들고 있는 것이다. 창고 부킹이 끝나 쌓아 둘 곳이 없다는 말도 들린다. 한 톨이라도 더 거두려고 지극정성을 쏟는 농부의 정직이 무색해진 세상이다. 비록 적게 먹을 수밖에 없는 가난에도 쌀이 보약이 되어주었기에 오늘까지 건재할 수 있었다. 그런데 천덕꾸러기라니! 격세지감이다.

언제부턴가 밀가루에 의존하면서 귀하디귀한 쌀이 찬밥 신세가 되었다. 배앓이도 흰죽 한 그릇이면 거뜬히 나았고 병후 며칠만 밥을 잘 먹어도 수월하게 회복되었다. 그 보약이 길을 잃고 헤매고 있다. 부뚜막 항아리에 매끼 한술의 절미운동을 벌이던 어머니들의 절약정신도 무의미한 세상이 되었다. 젖이 모자라는 두 살배기 아들을 업고 쌀을 빌리러 5리 길을 달려오던 집안 아지매의 가난도 더 이상 기억의 대상이 아니게 되었다.

수십 년간 불청객이던 나의 알레르기성 체질을 놀라리만치 개선시킨 것도 현미였다. 지금껏 많은 약물치료는 부작용을 낳아 다른 병을 만들기도 했다. 하지만 우리의 쌀은 그 불편에서 나를 호전시켜주었다.

내 아이가 설사를 만났을 때, 혹여 다른 질병이 염려되어 병원부터 찾았지만 결국은 쌀을 간 죽으로 완치시켰다. 이리도 좋은 보약을 두고 서구적 식습관에 길들여져 가는 현실이 안타깝다. 미국과 일본은 오히려 쌀 소비가 늘어나고 있는 실정이다. 세계적으로 밀가루가 쌀 소비에 비해 적은데도 불구하고 우리는 편리라는 조건에 건강을 맡기고 있다.

한없이 병약했던 내 어린 날도 백설기 떡이 있어 건강을 지켜낼 수 있었다. 늦둥이에겐 엄마 젖이 부족했고 그 떡은 내게 엄마 젖이었다. 방과 마루에는 항상 접시에 떡이 놓여 있었고 들일 나간 엄마의 부재에도 배고픈 줄 모르고 놀았다.

그래서일까 지금까지 나는 떡을 참 좋아한다. 심지어 '떡보'라는 별명까지 붙었다. 많이 먹으면 질린다는데 전혀 그렇지가 않다. 아는 사람들은 떡이 생기면 꼭 나를 챙겨주는 아량도 잊지 않는다.

그런 이유인지 우리 집은 식구 수에 비해 쌀 먹는 양이 좀 많은 편이다. 세끼 보약을 먹으니 건강이 보장될 것이고 쌀 소비로 우리 농촌도 도울 수 있다. 일거에 여러 득을 주는 게 우리의 쌀이다.

나는 밀가루 음식으로 밥을 대신한다는 것은 생각해보지 않았다. 가끔씩 먹고 나면 먹은 것 같지 않고 곧바로 밥을 찾는 편이다. 서양 사람들의 주식은 빵이라는 소리를 들을 때마다 떡이 생각난다. 나는 떡을 밥 대신 먹는 경우도 많이 있으니까. 설탕을 넣지 않은 떡과 빵의 맛 차이는 많이 난다. 밀가루 자체의 단맛은 잘 느낄 수 없어도 쌀의 단맛과 담백하고 구수한 맛은 내가 즐겨 먹는 이유이기도 하다. 그래서 어릴 적에도 백설기 떡은 먹었지만 빵은 별로 먹어본 적이 없다.

우리가 병원을 찾을 때면 금기 음식에는 항상 밀가루 음식이 들어간다. 특히 한방에서는 빼놓지 않고 일러준다. 그만큼 소화 기능에 불편을 주는 요인이 있다는 뜻일 게다. 세계적으로도 경작 면적은 밀 생산지가 넓지만 소비에 있어서는 삼분의 일밖에 되지 않는다니, 우리 쌀을 따라올 작물은 어느 곳에도 없다는 생각이 든다.

내일은 떡국을 뽑아야겠다. 현미와 백미를 1:1로 섞어 가래떡은 주전부리로, 떡국은 아침으로 끓여 먹을 참이다. 생각해보면 떡국 끓이는 일이 토스트에 비해 시간적으로 더 소요되는 것도 아니다. 제사상이나 손님 치를 성찬이 아닌 바에야 멸치 우린 물에 계란 풀어 참기름을 넣고, 고명은 김이면 충분하다. 밥보다 먹기도 좋고 뒤가 훨씬 든든하다는 게 우리 가족의 말이다.

현대인들은 바쁘다는 이유로 빵을 먹는다지만 쌀로 조리를 할 수 있는 먹을거리는 얼마든지 있다. 인절미와 과일 몇 조각으로 아침을 대신한다는 어느 지인은 여든이 넘도록 건강한 생을 보내고 있다. 우리 체질은 우리 땅에 나는 곡물이 좋다는 사실을 이런 분이 대변해준다.

어디서 알싸한 된장국 냄새가 코끝을 자극한다. 어느새 우리 집 압력밥솥 추 돌아가는 소리가 요란하다. 구수한 현미밥 익어가는 냄새에 어느새 한 공기 거뜬히 먹어 치운 포만감이 인다.(2011년 12월)

다대기

인간의 넋이 식물이 되었나 환생하지 못한 한이 형상이라도 닮고 싶었나. 생긴 형태 하나하나가 우리를 닮았다는 생각이 든다. 요모조모 살펴보지만 너무 비슷한 점이 많아 궁금증은 자꾸 커지기만 한다. 이 정도까지 가까운 모양을 이루자면 무언가 알지 못하는 내면의 바람과 갈망이 있었을 것이란 생각도 해본다. 식물이라 이름 붙이기에는 놀라울 만큼 사람의 모습을 닮았다.

그 자체로 기력을 증진시키는 데에는 좋은 역할을 하기도 한다. 불로장생이라 불릴 만큼 최고의 영약으로도 꼽힌다. 혹여 명약의 성분을 지녔기에 제2의 사람 모습이 되었을까. 아니면 전생이라는 곳에서 사람이 되려다 길을 잃었는지 끝 모르고 일어나는 나의 호기심은 멈출 줄을 모른다.

인삼에 대한 나의 상상이다. 어떤 이유로 이름도 인삼이라 불렀을까. 사람인人 자가 붙은 걸 보면 필시 우리가 잘 알 수 없는 다른 세상에서 사람과 인연의 관계가 있었으리란 생각을 해본다. 그렇다면 인삼과 사람은 어떤 관계였으며 어떻게 맺어졌을까. 혹여 사람들이 풀뿌리로 연명하던 원시시절, 우연히 사람을 닮아 호기심이 일었고 즐겨 먹다 보니 원기가 느껴져 명약이라 전한 것일까. 아니면 전생에서 사람으로 환생할 가치에 미달되어 인삼으로 태어났는지, 그 형태와 약효가 예사롭지 않다는 생각이 든다.

아무튼 인간의 기를 보하는 데는 최고의 가치로 여기기도 한다. 그래서 한때는 사람과 인삼이 전생의 동지였으리란 나름의 상상도 해본다. 오손도손 잘 지내던 짝이 어느 날 다른 세상으로 갈리던 날 결별의 아픔 속에 태어난 것이 인삼이었을까. 사람으로 환생하지 못한 그는 어두운 땅속을 지키며 인간으로 환생한 친구의 건강을 지켜주기 위해 인삼으로 태어났는지. 아니면 자신도 언젠가 한 인간으로 태어나길 바라던 간절한 마음이 모여 사람 형상을 갖춘 인삼이 되었는지 바라보고 생각할수록 기이한 궁금증을 떨칠 수 없다.

내가 이처럼 인삼에 대한 예찬을 늘어놓게 된 이유는 어느 식당에서 '홍삼고추산초 다대기'를 맛보았기 때문이다. 충남 금산 인삼단지에서 저녁 만찬에 그 반찬이 나왔던 것이다. 마른 김에 밥을 돌돌 말아 꼭 찍어 먹는 맛은 당장 미식가를 만들기에 충분했다. 간장으로 김을 싸 먹었지 다대기에 굴려 먹기는 처음 있는 일이다.

다대기란 모든 재료를 다져 만든 양념장을 말한다. 이름 그대로 홍삼이랑 청량고추와 산초를 다져서 만든 양념장이었다. 쌉싸름한 인삼 향과 화끈하도록 매운 고추와 아릿한 산초가 어우러진 감칠맛은 생후 처음으로 먹어보는 맛이었다. 그 맛에 폭 빠져 헤어날 줄 모르는 나에게 동석한 지인은 자기 고장 맛이라며 거금을 들여 한 통 사주는 배려까지 아끼지 않았다.

그 후로 우리 식탁의 모든 쌈장은 홍삼고추산초 다대기였다. 평소 매운 것을 잘 못 먹던 식습관도 이 양념장 앞에서는 굴복당하고 말았다. 혀끝이 너무 아려 싫어했던 산초향도 깊은 계곡에서 불어오는 솔바람만큼이나 시원한 맛을 주었다. 각각 특유의 맛과 향은 그들이 갖고 있는 세계로 나를 마음껏 인도하기에 충분했다. 어느 나라 국민들은 매운 것을 전혀 못 먹는 경우도 있다지만 만약 이 다대기에 고추가 없었다면 홍삼과 산초의 역할이 가능했을까. 오히려 고추는 성인병을 예방하는 효과까지 있다지 않는가. 정말 다대기의 재료들이 한없이 자랑스럽게 느껴진다.

불편한 환경에도 주인의 정성을 저버리지 않는 게 고추의 성질이다. 웬만큼 척박한 땅이라도 못난 열매 하나 정도는 맺어놓는다. 투철한 종족보존인지 아니면 담금질의 표상인지 매운맛을 볼 때마다 그 생명력의 놀라움에 젖게 된다. 모진 시간을 이겨내다 스스로 매운 기질이 되었는지 아니면 화끈한 매운맛으로 나약한 사람들을 훈육하기 위해 태어났는지 그 맛의 매력은 많은 궁금증을 일게 한다.

또한 향신료로는 산초의 강한 맛을 따라올 식물도 흔하지 않다. 구미에 거슬리는 냄새를 가시게 하고 맵지만 향긋한 맛을 내어 신선한 자극을 주는 역할을 톡톡히 하는 게 산초 향이다. 그 이유는 고추, 인삼보다 산속의 정기를 마시고 살아온 덕이라는 생각도 해본다.

제법 먼 곳까지 자기 정체를 숨기지 않는 게 산초나무이다. 알싸한 듯 아릿한 향이 멀리까지 전달하는 전파성을 띠고 있어 보이지 않는 곳에서도 자신의 정체를 오롯이 드러낸다. 포도송이 같은 형태의 자잘한 알맹이가 어찌 그리 강한 향을 풍기는지 살펴보면 볼수록 신기함이 인다.

그 주인공들을 인삼 6년근을 쪄서 말린 홍삼이라는 이름으로 지어진 다대기에서 모두 만나게 되었다. 그중에서도 홍삼고추산초 다대기는 재료들이 향과 냄새가 유독 강하다는 특징이 있다. 제각각 살아내었던 삶이 독특하기에 그 맛 또한 특별한 것인가. 재료들의 생이 누군가에게 피와 살이 되기 위해 굳은살이 박이도록 다지고 여물었다는 것을 그 맛에 빠져보면 알게 된다. 다지고 다져가며 살아온 삶을 마지막 순간까지 다져진 생으로 마무리하는 다대기의 일생이 참으로 고맙고 갸륵하다.

단 한 점도 버리고 놓쳐가며 살지 않았다는 것을 맛을 통해 확연히 일깨워 준다. 고르지 않은 일기로 생명의 위협을 느낀 적도 더러 있었을 텐데 한 점 구김살이 없다. 맑고 깔끔한 향으로 티 없이 살았다는 점만 전해줄 뿐이다. 환경 탓은 나약한자의 핑계라는 듯 건강한 삶의 표본으로 나타나고 있다. 스스로 다지고 다져가며 개척한 성질이 우리들의 식탁에서 고스란히 드러난다.

왜 고충이 없었겠는가. 다대기의 고운 빛과 향에 매료되어 그 자리에 집을 짓고 오염물질을 만들어내는 파렴치범도 있었을 게다. 송두리째 점령하는 천적들도 많았을 것은 물론이다. 그들을 막아내기 위해 전전긍긍하며 지낸 세월들이 숫자로도 셀 수 없이 많았을 게다. 다대기의 꿈을 이루기 위해 싸움에서 물러나서는 안 될 일이었다. 알뜰살뜰히 다져질 훗날의 다대기는 기어코 약한 모습이어서는 아니 되었다. 갖은 자리에 쓰이기 위해서는 건강한 재목이 되어야 했다.

그렇게 해서 만인에게 사랑받는 다대기로 태어났다. 얼마나 많은 요리사들이 기쁨을 맛보았는가. 얼마나 많은 주부들이 가족들의 사랑을 받았는가. 얼마나 많은 미식가들이 즐거운 비명에 빠졌던가. 식탁의 기쁨은 만대의 행복인 만큼 다대기의 삶을 통해 미각의 수준도 높아져가고 있다.

우리의 가족도 지금의 다대기가 식욕을 채워주고 있다. 매일매일 심산유곡의 소식꾼인 산초와, 화끈한 맛의 주인공인 고추와, 불로장생의 선약인 인삼이 미각의 주인으로 자리하고 있다. 웬일인지 불청객처럼 따라다니던 감기가 환절기가 되어도 소식이 없다. 홍삼고추산초 다대기가 몰아낸 것일까. 온 집 안이 다대기 향에 취하는 듯하다.(2012년 10월)

김밥과 선생님

흔히 엄마들은 소풍날이 부담스럽고 귀찮다고들 한다. 그러나 나는 그날이 기다려지고 즐거운 기분으로 채워진다. 여느날과 다른 시장 보는 기분도 그렇고 다른 요리를 만든다는 들뜨는 기분도 그렇다. 일찍 기상한다는 긴장감 역시 그리 싫지 않다. 누군가에게 나의 손길이 필요하고 기다리는 대상이 있다는 것만도 행복이라 생각하기 때문이다.

세월을 거슬러 20여 년 전 내 아이 유치원 시절로 되돌아 가본다. 당시만 해도 김밥 매장이 그리 흔하지 않았다. 야외 나들이 때는 당연히 김밥 도시락 싸는 걸로 여겼고 이는 주부들의 몫이었다. 그래서 소풍 앞날이면 엄마들의 화젯거리로 동네가 분주했다. 김밥 맛에 대한 각자의 의견과 자랑들로 입씨름하기가 바빴다. 누구는 속에 무엇을 넣느니, 또 어떤 모양을 만드느니…. 저물녘의 시장 길은 엄마들의 발걸음으로 채워졌다. 바로 가족 사랑의 하모니였던 게다.

나는 아이의 소풍날이 되면 누구보다 즐거웠다. 평소보다 정성이 담긴 도시락을 마련한다는 것도 기쁘거니와 나의 김밥을 기다리는 선생님이 있어 더욱 좋았다. 언제든 선생님 도시락은 책임지는 걸로 알았기에 행사가 있는 날은 두 개를 마련했다. 그런 날, 선생님은 솔바람 같은 청아한 목소리로 감사의 인사를 전하기에 바빴다. 항상 어느 김밥보다도 더 맛있다는 거였다. 맛의 비법이 무엇이냐? 어떤 비결이냐는 등, 그 맛을 보며 짓던 행복한 표정은 아이에게도 깊이 전달되었던 모양이다.

"엄마! 선생님이 우리 김밥이 너무 맛있다 하셨어요. 민재야! 너희 김밥이 왜 이리 맛있니? 비법이 뭘까! 이렇게 물으셨어요."

그 자리에서 한 통을 다 드셨다며 소풍날은 아이의 얼굴도 활짝 핀 목련꽃만큼이나 밝은 모습이었다.

모든 음식은 손맛도 물론이지만 첫째는 재료에 있다고 본다. 건강한 땅에서 정성 어린 손길이 닿은 재료만이 순수한 맛을 지닌다고 생각한다. 자연의 기운을 받고 소박한 농심이 스며 있는 그런 재료 말이다. 오염되지 않은 흙내음 풀내음을 안고 자란 자연재료에서만 맛의 진미를 찾을 수 있다. 그곳에는 진정 인간애와 사랑이 담겨 있기 때문이다.

언니가 가꾸는 벼들은 주변 벼들보다 항상 키가 작고 이삭이 잘았다. 그러나 빛깔은 더 선명했으며 태풍에도 잘 스러지지 않았다. 벼 포기들을 헤치며 피 뽑는 언니를 종종 만날 수 있었다. 벼 높이만 한 피를 뽑아 논두렁에 툭 던지며 뿌리가 깊이 박혀 뽑는 데 힘이 들었다고 했다. 그러나 이놈들을 확실히 뽑아야 벼들이 잘 자란다는 거였다. 그래도 벼는 작았고, 언니는 당연히 작을 수밖에 없다고 했다.

그렇다. 크고 짙푸른 빛을 띤 큰 이삭을 만나면 얼마나 좋을까. 애서 피를 뽑아낼 필요 없이 약품으로 한방에 잡초를 쓸어버릴 수 있다면 편하기도 할 텐데. 바람에 너울너울 춤을 추는 키 큰 벼를 만나고 싶은 것도 사실이다.

그러나 언니의 신조는 그게 아니었다. 양보다 질이며 환경을 살리는 일이 건강을 지키는 일이라며 애써 약품을 외면해왔다. 부지런한 손길, 발길이 진정한 농부의 소임이라며 피 뽑는 일을 게을리하지 않았다. 남의 절반 소출에도 안타까움보다 오염되지 않은 식탁을 고수했다. 어느 김밥보다 맛있다는 선생님의 말씀이, 오랜 세월이 흐른 오늘까지도 인사치레가 아닌 애정 어린 목소리로 남는 이유가 그런 까닭이 있어서이지 싶다.

맛의 비결은 바로 제초제와 농약을 쓰지 않은 친환경 쌀에 있었다. 우리 집 쌀 소비량은 한 달 20킬로그램, 매달 배달되는 그 쌀에서 김밥 맛의 비법을 얻을 수 있었다. 밥의 구수함은 시중 쌀과는 확실히 달랐다. 김을 통해 뿜어내는 그 냄새는 집 안 공기를 온통 향기롭게 했다. 이 때문에 우리 가족이 외식과 거리를 두게 되었는지도 모르겠다.

김밥은 여러 재료가 들어가는 음식으로 자칫 변질될 우려가 높다. 특히 기름이 그런 역할을 많이 한다. 그래서 나는 참기름 대신에 식초를 쓰는 편이다. 식초와 설탕과 소금의 분량을 적당히 맞추어 밥을 짓기도 하고 또한 버무리기도 한다. 우리 한국 사람은 매운맛에 길들여져 있는 만큼 느끼한 맛을 줄여보자는 뜻으로 어묵은 물과 진간장 그리고 고춧가루와 조려서 맛을 내고 있다.

아이의 선생님이 위장이 약해 김밥을 멀리하는 편이었는데 나의 비법을 알고부터 김밥을 즐기게 되었다며 몇 번의 인사를 전해오던 기억을 잊을 수 없다. 아마 농약과 제초제를 사용하지 않은 언니의 쌀과 소화를 돕는 식초와 기름을 분해하는 고춧가루의 성분이 재료의 단점들을 잘 보완하였는가도 싶다.

곳곳에 김밥 브랜드 매장이 늘어나지만 나는 아직까지 나만의 김밥을 고집하고 있다. 그 옛날 선생님의 위장을 보호했던 재료에 대한 고집을 버릴 수 없어서이기도 하다. 미혼이었던 당시의 선생님이 아이의 엄마가 되어 그 자식을 위해 스스로 김밥을 만드는 엄마가 되었을 수도 있겠다는 상상을 해보기도 한다. 그 옛날 한 제자의 김밥을 통해 김밥 애호가가 되었다며 친환경 농산물 시장을 애용하는 선생님을 그려본다면 자찬일까. 김밥을 말며 아이에게 조곤조곤 자신의 비법을 알려주는 선생님의 모습도 상상해본다.

"민재 어머니! 제 아이 소풍날은 한층 더 바빠졌어요. 민재와 함께하던 날을 생각하며 김밥을 준비하기 때문이랍니다. 제 아이도 훗날 이런 시간을 가지기를 바라며 교육을 해 나가고 있답니다."

이런 전화 목소리를 상상하며 이번 주 야외놀이에 김밥을 준비할까 보다. 지난날 선생님 김밥을 준비하며 가슴 부풀었던 기억을 더듬으며 일행들의 김밥을 함께 마련해야겠다. 그 옛날을 그리면서 말이다.(2014년 4월)

칠월이 기다려지는 이유

　연황빛 황도 복숭아가 우리 곁을 찾아왔다. 도심의 7월은 황도로부터 오는가. 긴 시간 풍우를 이겨낸 모습이 여인의 속살처럼 곱다. 포동포동한 아가의 얼굴처럼 살갑게 여문 자태는 선택된 과일임을 자랑한다. 많은 과일이 여름 더위를 물리치는 역할을 하지만 특히 복숭아는 신성한 열매로 꼽힐 만큼 사람들의 사랑을 받아 왔다. 그래서인지 여느 과일과 달리 다가가는 눈길, 손길도 조금은 조심스럽다.

　그런 연유일까. 그 이름 황도, 백도 또는 천도복숭아라 불린다. 뭔가 도교道敎 쪽과 가까운 전설적, 종교적 사연을 안고 있을 것도 같다. 한 입 베어 물 때 혀끝에 전하는 미각도 여느 과즙과는 다름을 느낀다. 자극이 적으면서 은은한 맛과 향이 금방 전신에 흡수되어 상쾌해지는 자신을 발견한다. 그래서 가끔씩 7월이 그리 뜨겁지 않게 느껴지는 것도 어쩜 복숭아가 있어서인지 모르겠다는 생각도 해본다.

　방금 황도 한 상자가 배달되었다. 집 안에 복숭아밭이 들어선 기분이다. 어린 날, 이 향에 취해 과수원집 주인들이 얼마나 부러웠던가. 울타리 밖으로 넘어온 놈을 따고 싶은 유혹을 떨쳐내는 데는 많은 인내심이 필요했다. 조여드는 가슴을 토닥이고 달래는 데도 긴 시간을 견뎌야 했다. 조용한 은빛 물살이 퍼지듯 조심조심 풍겨내는 그 향을 작은 가슴으로 다스리기에는 정말 힘이 들었다.

당시 삼사십여 호가 모여 사는 산골 동네에서 과수원을 경영하는 집은 유일하게 딱 한 집뿐이었다. 들일이나 소 먹이러 가는 길은 복숭아밭을 지나야 통하는 길이었다. 아마 농약도 제대로 없었을 텐데 복숭아는 어찌 그리도 주렁주렁 굵게 달렸던지, 나는 세상에서 최고 부자는 복숭아집 주인인 줄 알았다. 언젠가는 꼭 그 주인이 되어보리란 꿈도 가졌다. 더 이상 울타리 너머에서 침을 꼴딱이는 처지가 아닌 배가 북만큼이나 부르도록 먹어보는 소원을 가졌던 것이다. 그 소원을 오늘 배달된 복숭아로 이루어 볼 생각이다. 아니 지금껏 많이 먹기도 했지만 제철이 다가오면 어린 날의 갈증과 욕구가 쉽게 잊히지 않는다.

이제는 과수원집 부자가 부럽지 않을 만큼 복숭아를 곁에 두고 있다. 여느 과일에 비해 가격상 조금 부담이 가는 것도 사실이다. 그런 이유일까. 복숭아 철이 오면, 해가 지는 늦은 저녁 시장을 간다. 파장 시간에는 팔다 남은 못난 복숭아를 싼 가격으로 구입할 수 있기 때문이다. 종일 사람들 손자국에 멍들고 햇볕에 살이 터진 놈들로 거리낌 없이 장바구니를 채우는 일은 나의 커다란 기쁨이기도 하다. 또한 비싼 물가에 대처하는 한 방법이기도 하고.

상인을 돕는 일도 된다. 복숭아가 지닌 과즙은 순하고 여린 만큼 부패도 빠르다. 재고가 날 경우에는 더러 버려야 할 것도 생기니 이럴 땐 누이 좋고 매부 좋은 거래가 성립되는 격이다.

그렇게 우리 집으로 온 복숭아는 여름내 시원한 음료로 가족의 사랑을 독차지한다. 가격이 좀 비싼 유기농 설탕으로 물과 함께 끓여 복숭아와 잘 절여진 그 맛은 7월의 염천을 이겨내는 데 한몫한다. 오랜 날을 그렇게 먹어오면서 왜 유독 이 과일에 신성함을 부여했는지 조금씩 알게 되었다. 한 그릇씩 먹고 나면 쾌적해지는 기분은 물론 가뿐해지는 기운에서 여느 음료와는 다름을 느낀다. 설탕과 짝짜꿍 궁합을 맞춰 맛의 조화를 이루어낸 그 맛은 어느 곳에서든 맛 자랑하는 수다쟁이가 되도록 한다.

흔히들 그런다. 설탕 때문에 살이 찌지 않느냐고? 또는 당뇨의 위험성이 없느냐고? 어느 것도 다 깨끗하다. 신성한 성분은 그 어떤 불순요소도 정화해낸다는 것을 수십 년을 먹어오는 동안 내 건강이 말해주고 있다. 이미 복숭아가 가진 유익한 성분과 해독작용은 밝혀진 바가 있다. 그 연구결과만큼이나 설탕에 의한 나쁜 작용은 잘 일어나지 않고 있다.

그래서 설령 반갑지 않은 계절일지라도 복숭아가 있어 여름을 기다리는지도 모르겠다. 유독 땀을 많이 흘리는 체질이면서도 더위가 싫지 않은 이유는, 탐스러운 열매로 유년의 꿈을 키워주던 그 기쁨을 만날 수 있어서이다.

'복숭아 집 딸은 미인이 된다'는 말은 더욱더 간절한 그리움에서 벗어날 수 없게 만들었다. 복숭아는 밤에 먹어야 예뻐진다는 소리는 무슨 이유였을까. 상한 것도 버릴 게 없다는 뜻이 아니었을까. 바로 내가 즐기는 음료이다. 정말 버려야 할 것같이 상한 복숭아를 음료로 함께할 수 있으니 경제적 효과도 크지 않은가.

작년, 경북 의성 복숭아밭 일손 돕기를 하면서 흠과를 가져와 담근 것도 확실히 다른 과일보다 맛이 있었다. 수확하는 과정에 잘못 다루어 상한 것은 정말 아깝기도 했다. 한껏 익은 것은 조심해서 다루어야 하는데 떨어뜨린 것과 힘주어 따다 손자국을 낸 것 등 어설픈 농군 흉내를 내다 상품가치를 떨어뜨린 것은 모두 음료로 우리 집에 모시게 되었다. 지인의 집에서 다양한 과일 발효식품들을 만나보지만 복숭아 음료에 버금가는 맛은 찾아볼 수 없었다.

내가 여름을 기다리는 이유는 순전히 복숭아가 있어서이지 싶다. 친환경 농장을 찾는 발걸음은 여느 때보다 가볍다. 쓱쓱 닦아 껍질째 먹어도 약품 걱정을 놓을 수 있으니까. 일찍 이런 복숭아밭을 가졌더라면 미인이 될 수 있었을까. 입안 가득 배어드는 과즙에 아름다운 여인의 환영이 그려진다.(2015년 7월)

감자 1

3월 초에 심은 감자 순이 제법 숲을 이룬다. 잦은 봄비가 한 몫 부조를 한 덕이다. 해가 거듭할수록 성장속도도 빠른 편이다. 동네 가까이 빈터, 모래땅을 텃밭으로 가꾸어온 지 30여 년째. 음식물 찌꺼기, 깻묵, 뜨물, 나물 씻은 물 등을 퇴비로 활용한 덕인지 모래가 기름진 흙으로 태어나고 있다. 감자의 수확도 해마다 늘어난다. 순전히 생활 속 쓰레기가 자양분을 만든 셈이다.

지금껏 나의 텃밭 감자는 농작3금農作三禁의 영향을 받지 않는다. 오랜 세월 그 자리에 심어도 토실토실한 알감자를 생산해내고 있다. 한 품종을 해마다 같은 땅에 심으면 병, 해충에 취약해지는 게 일반적이다. 그런데 나의 텃밭은 그렇지 않다. 아마 자연산 퇴비의 영향인가 싶다.

텃밭 운영 이후로는 생활 속 오수라는 것에 별 부담이 가지 않는다. 화초 마른 잎 하나까지도 거름으로 활용하기 때문이다. 다행히 지은 지 오래된 아파트여서 베란다가 넓은 것도 한 못한다. 큰 대야에는 허드렛물이 항상 담겨 있다. 먹을거리 씻은 물들은 거의 버리지 않는 편이다. 우리가 사용한 것을 재활용하면서 생명 있는 모든 것은 순환 속에 살아가게 된다는 것을 느낀다. 새로이 개발된 것보다 순환된 물질이 친자연적이라는 것을 크게 경험하고 있다.

6월 중순경 모내기가 시작될 즈음 감자도 수확에 들어간다. 그때부터 배고픈 고비는 좀 수월하게 넘기는 시기이다. 너나 없이 가난하게 살아가는 시절에는 광에 감자가 차 있으면 보기만 해도 부자가 된 기분이었다. 손바닥 크기의 땅뙈기만 있어도 감자를 심는 게 유일한 양식의 해결법이었다. 퇴비 마련도 쉽지 않은 시대에 척박한 땅에도 쑥쑥 잘 자라주니 참으로 고마운 식물이었다.

지금은 트랙터라는 농기계가 있어 호미로 캐지 않는 아주 수월한 시대에 와 있다. 승용차와 트럭 같은 역할을 하는 기계가 한 번 지나가면 땅속 감자가 밭고랑에 쏟아진다. 주워 담기만 하면 되니 일손은 한층 줄어든 셈이다. 그런데 일은 수월해졌지만 극적인 장면들은 사라졌다. 포기를 뽑아 올릴 때 비슷비슷한 크기의 열매가 시샘이나 하듯 달려 올라올 때 느끼는 쾌감이 없어진 것이다.

책가방 던져놓고 땀을 뻘뻘 흘리며 부모님 일손을 거들던 코흘리개 시절, 배를 채워주는 기쁨도 크지만 땅 밑에서 캐어 올린 굵은 알에 대한 호기심도 컸다. 호미로 뽑아 올리면 여린 한 포기에 어찌 그리 여러 알이 달렸는지 유월의 따가운 햇살에도 우리의 환호성은 멈출 줄을 몰랐다.

감자밭에서는 빈 공간을 발견할 수 없었다. 굵은 알들이 땅속을 차지하고 있어 호미가 꽂히는 곳마다 멍 든 감자가 많았다. 우리는 그런 땅 밑이 참 궁금했다. 어두컴컴한 곳에서 보이지 않는 역할을 해내는 생명체의 힘은 어디서 나오는 것일까. 흙과 감자를 만져보며 어떻게 해서 이렇게 생겨나는지. 어느 책을 통해 또는 선생님께 여쭤면 알 수 있을까. 일어나는 호기심은 멈춰지질 않았다.

그 감자는 아버지의 지게에 실려 어두운 광으로 옮겨져 우리의 양식이 되었다. 들일이나 소 먹이러 갈 때, 삶은 감자를 허리춤에 두른 우리들의 발걸음은 가볍기만 했다. 배부른 게 제일 행복으로 여겨지던 시절이었기에 소 풀어 놓고 풀밭에 둘러앉아 먹을 생각에 오후 나절의 고단함도 부담이 되지 않았다. 그렇게 긴긴 여름을 배고픈 줄 모르고 보냈으니 감자는 세상 제일 보배로 여겨졌다.

새참 시간이 되면 우물가에서 감자를 씻고 깎는 아낙들의 손길이 바빴다. 들일 중인 일꾼들의 오전 간식은 감자였기 때문이다. 새참이 점심을 대신 하는 경우도 많았고 동네와 들판의 공기는 구수한 감자 냄새로 채워졌다. 그 냄새만으로도 즐거웠고 땟국 전 아이들의 손과 호주머니의 하얀 분이 흐르는 감자가 허기를 메워주었다. 그래서일까. 아무리 더워도 여름이 싫지 않았던 이유가 배고픔을 견디게 해준 감자 덕분이었는지 모르겠다.

해마다 7~8월이면 우리 집 마당 옆 큰 감나무 아래는 동네 엄마들의 길쌈하는 자리로 북적였다. 삼, 모시 등을 수확하여 쪄서 말려 이로 찢어 이어 붙이기를 하는 작업이 감나무 아래에서 이루어졌다. 이어 붙이기는 무릎에 비벼 이어 나갔던 걸로 기억된다. 장시간 사용한 무릎은 발갛게 부어올라 수시로 휴식을 요하기도 했다. 그럴 때마다 감자를 까먹으며 멍석에 누워 풋감에 눈길을 두며 피로를 풀던 모습이 눈에 선하다.

어린 내게도 양푼에 담긴 감자가 참 풍요로워 보였다. 노동에서 오는 엄마들의 피로를 덜어 주는 듯해 그 풍경을 글로 써서 상을 받기도 했다. 엄마가 배고플까 봐 걱정하는 마음이 어린이 수준을 넘어선다는 선생님의 심사평은 지금도 잊히지 않는다. 아마 늦둥이여서 더 그랬을 것 같다. 젊어 보이는 친구들의 엄마가 부러웠고 노쇠한 내 엄마는 늘 불안했다. 그래도 감자 먹는 시간만은 화기애애한 분위기였으니 그 안도감이 한 편의 글을 쓰게 만들었나 보다.

흔히 사계절 중 겨울과 여름이 싫다고들 한다. 잘사는 지금 시대에 와서는 겨울은 옷을 많이 입으면 되지만 여름은 벗을 수도 없어 싫은 계절로 꼽힌다. 더구나 온난화라서 더욱 그렇다. 그러나 감자로 기근을 해결하던 시절에는 여름이 제일 좋은 계절이었던 것 같다. 세상에 배고픈 일만큼 서러운 일이 있던가. 혹서에도 굶지 않는 조건만 된다면 더위쯤이야 뭐 대수랴. 감자는 그렇게 어떠한 고난도 극복하게 해주었다.

그런데 김동인의 소설 「감자」에서는 주인공 복녀가 가난을 극복하지 못했다. 처음엔 가난을 해결하기 위해 감자를 훔치다 주인 남자에게 들켜 몸을 허락하게 되었다. 그것이 애욕으로 발전해 살인으로 이어진다는 내용이다. 주인 남자가 결혼을 하면서 일어난 일이다. 진정 애욕이었을까. 나는 식욕이라 생각한다. 그녀가 더 이상 그 남자에게 필요치 않을 경우 다시 굶는 삶이 시작되기 때문이다. 결국 배를 채우기 위해서는 도덕도 버려야 했다.

당시에는 남의 밭작물을 훔치는 것도 쉽지 않았다. 도둑도 흔할뿐더러 밭을 지키는 주인도 많았기 때문이다. 복녀는 그 점을 알기에 남편마저 먹여 살려야 하는 처지에 더욱 그 남자 곁을 떠나고 싶지 않았을 게다. 매춘을 통해 배고픔은 해결되니까. 결국 복녀가 감자밭 주인에게 살해됨으로써 몸값으로 십 원짜리 지폐 석 장이 남편 손에 쥐어졌다.

이렇듯 감자는 기근을 면하기 위해 이용되었고 이로 인해 비극이 벌어졌기도 했다. '농작3금법'을 어겨, 바람에 의해 포자로 전염되는 갈색 부패균에 의해 많은 사람들이 죽어간 경우도 있다. 생산량을 늘리기 위해 감자 한 품종을 해마다 같은 땅에 촘촘히 심은 결과였다. 해를 걸러 심거나 다른 품종의 작물과 함께 심은 여러 나라에선 큰 피해를 면했다고 한다.

내가 경작을 해본 결과 농작3금법은 땅의 지력이 약한 탓이다. 건강한 퇴비로 흙과 함께할 땐 어떠한 병충해도 이겨낸다고 본다. 내 텃밭이 그것을 말해주고 있다. 수확이 기다려진다. 어른 주먹 크기의 알을 만나고 싶은 게다.(2018년 4월)

감자 2

　자주색 꽃은 자주감자를 알리고 하얀색 꽃은 흰 감자를 말해준다. 꽃잎이 크고 여러 송이가 피면 땅속의 열매는 흉년임을 전한다. 지상의 식구들에게 눈요기가 되어준 만큼 지하의 삶은 빈곤하다는 뜻이다. 한 생명을 유지하는 식물에도 한계가 있음을 보여준다. 그러나 인간 세상에는 지하에서나 지상에서도 언제나 풍요롭기를 바라는 욕심쟁이들이 있다는 게 감자와는 다른 점이다.

　알고 보면 이성을 지닌 우리가 그리하여야 할 일이다. 그런데 오히려 반대이니 감자의 절제성이 새삼스러울 따름이다. 그저 예사롭게 보아 넘겼지 한 포기 식물이 시사하는 점에 마음 모아본 적은 별로 없었다. 그들의 고민에 작은 눈빛도 역시 보낸 적이 없었다. 그러니 스스로 고뇌하고 욕심을 자제하는 감자의 생리가 대견스러울 뿐이다.

　모든 불행은 욕심으로부터 온다. 하나를 가지면 하나를 버릴 줄 아는 지혜가 필요한 경우도 있다. 버릴 줄 아는 마음이 탄탄한 열매를 가져다준다는 것을 더러 경험한 적도 있었다. 그러나 내 것을 내려놓는다는 것이 그리 쉬운 일인가. 가짐으로써 추구하는 욕구를 배워나가는 법이니 거기에 준하는 정도를 걷는다는 것이 어려운 일인 게다. 정말 누구든 든든한 뿌리를 지키기 위해서는 지상의 아름다움을 포기할 줄 아는 감자의 생리를 배워야 하는데도 말이다.

내 어릴 적만 해도 감자꽃은 온통 자줏빛이었다. 가끔씩 흰 꽃이 섞이기는 했지만 흰 감자는 주로 강원도에서 생산되었다. 드문드문 흰 꽃이 피면 이색적인 풍경에 취하던 기억도 새롭다. 특히 맛도 담백하여 자극을 주는 자주감자의 아리는 맛에 비하면 흰 감자의 맛은 참 순한 맛이었다. 그래서 흰 감자는 더 귀한 감자로, 강원도는 선택된 땅으로 여겨지기도 했다. 감자의 잎과 꽃이 낙화의 조짐이 보일 때면 장마가 시작됨을 알린다. 감자도 다 자랐음을 말해준다. 그동안 꽃으로 호기심을 주던 땅속의 결실을 만끽할 수 있는 감자 캐기가 시작되는 것이다.

수확이란 기대는 일찍부터 마음을 설레게 한다. 풍우를 견뎌내고 사람의 노고로 영근 결실이기에 더욱 그렇다. 땅 밑의 세계를 열어가며 지상으로 잎과 꽃을 피워 정서순화에 기여하였기에 더 값지게 느껴진다. 층층이 뚫을 수 없는 청석도 많았을 테고 먹이를 위해 달려드는 천적들도 있었을 텐데 장정 주먹 크기의 알들을 주렁주렁 맺어온 감자의 의지가 여간 가상하지 않은 게다.

무엇보다 실낱같은 몸피로 7~8개 이상 달고 있는 감자 줄기의 힘이 대단하다. 어떤 작물의 뿌리는 쉽게 떨어져 나가기도 하지만 감자는 그렇지가 않다. 불빛 한 점 없는 척박한 땅에서 바람과 햇빛의 조화를 이루어 어떻게 사람의 근육 같은 힘을 길렀는지 살펴볼수록 대견함이 인다.

　또 주렁주렁 달고 있는 감자를 뽑아 올릴 때는 영락없는 대가족 분위기다. 결속된 힘이 튼튼한 혈육 같은 힘을 말해준다. 절대 해체될 것 같지 않은 강인하고도 든든한 울타리의 표본을 느끼게도 한다. 넓은 두레상에 2~3대가 둘러앉아 식탐에 정신 팔던 분위기도 떠오르고, 도란도란 이야기보따리 풀어내는 식구들의 화목한 가정도 그려진다. 암흑의 세상을 빛으로 인도하며 지하를 개척했던 뿌리의 힘 속에서 감자처럼 둥근 성질을 발견하는 것이다.

　모든 식물은 수확 후 시간이 지나면 신선도와 영양가치가 떨어지는 게 일반적이다. 그런데 감자는 그렇지 않다. 그래서 비타민의 보고라 불렸을까. 높은 열과 흐르는 시간에도 퇴색되지 않는 성분이 한 가정을 이루는 힘을 말해주는 것 같다.

　그렇다고 딱히 끌릴 만큼 잎과 꽃이 예쁘지도 않다. 흔하게 어울리는 모습에 불과하다. 누구의 뛰어난 예지감각에 오늘의 먹을거리로 이곳까지 오게 된 것은 그저 수수한 모습에서였지 싶다. 콜럼버스가 대서양을 횡단하며 발견했다는 자생감자가 오늘날 우리와 함께한 걸로 전해지고 있다.

탐험하는 과정에 두드러지도록 화려하게 눈길을 끄는 식물보다 수수함에 끌렸던 것은, 쉽게 유혹될 수 있는 표면적 가치에 중점을 두지 않았기 때문일 수도 있겠다. 자신을 드러내지 않는 은근함이 오히려 실속 있음을 어떤 경우엔 많이 보아왔으니까. 소박하게 피는 감자꽃은 누구에게도 격의 없는 자태를 전한다. 편안한, 그저 이웃집 아주머니 같은 모습이라 할까. 항상 곁에 있어도 싫지 않는 꽃이어서 콜럼버스의 마음을 끌었을 수도 있겠다.

정말 감자는 우리 민족의 가난을 구제하는 데 큰 역할을 하였다. 기후와 토질에 까다롭지 않은 성질이어서 어느 곳에든 손쉽게 심을 수 있는 장점을 가지고 있다.

특히 쌀에 버금가는 탄수화물은 한 끼 식사에 별 부족함이 없는, 주식에도 가깝다. 더구나 성인병 운운하는 이 시대엔 알칼리성으로 더없이 좋은 식품으로도 불린다. 여느 먹을거리보다 우리 몸에 필요한 요소들이 고루 들어 있다는 발표에 인기가 더하고 있다. 가난한 세월을 대신해 주었던 주인공이 이제는 영양 과잉시대에 빚어진 질환을 예방하고 치료하는 역할을 톡톡히 하는 셈이다.

나는 콜럼버스의 예지가 다시금 그려진다. 그 시대에 오늘날과 같은 오염된 날이 오리란 예측이라도 하였을까. 특별하게 보이지 않는 풀포기가 지닌 뿌리가 어떻게 진국이라는 것을 알았는지 탐험가의 도전정신은 그저 신비롭기만 하다.

경남 물금에서 생활협동조합원들과 감자 캐기 일손 돕기를 하면서 그 생리를 알게 되었다. 크기 고르기 작업 등 4시간의 노동은 지치게도 했지만, 인류에게 미친 영양을 생각하면 고단함도 극복하기가 수월했다. 우기가 오기 전에 캐야만 보관이 가능하기에 먹구름이 잔뜩 낀 하늘은 우리의 일손을 재촉했다. 일행 중 한 사람은 너무 지쳐 다시는 감자를 안 먹겠다는 소리까지 했다. 무엇보다 캐낸 감자를 상자로 옮겨 담는 일이 힘들었다.

이젠 어느 누구에게나 감자는 건강식으로 인정받게 되었다. 그 옛날 이삭 줍던 한 알의 귀함이 부자 빈자를 떠나 모두에게 적용되게 되었다. 가족의 결속을 보여주는 감자의 생리, 조롱조롱 분신을 달고 있는 모습은 이 세상 뿌리의 소중함을 다시 일깨워주고 있다. 그 옛날 초록물결 속에 피어나던 흰, 자줏빛 꽃들이 땅속에서 뻗어나는 힘의 원천이었다는 것도 이제야 알 것 같다. 아직도 그 깊이를 알려면 얼마나 더 살아야 하는지, 뿌리의 그 깊이를 말이다.(2018년 6월)

감자 3

    진화론의 창시자 찰스 다윈은 6개월 이상 한 방울의 비도 내리지 않는 칠레의 메마른 산과 습기 많은 남부 섬에서 똑같은 식물이 자란다는 것은 놀라운 일이라며 예찬론을 폈다. 여름에 으스스하고 습한 곳이나 산기슭 황무지 땅과 웬만한 가뭄에도 심기만 하면 잘 자라는 감자를 두고 이른 말이다. 그래서 신이 내린 축복이라 했다. 이 세상 어느 생명이 환경을 가리지 않는 것이 있던가. 하물며 만물의 영장이라는 사람도 환경의 동물이다. 그런데 연약한 식물이 아닌가. 그것도 사람의 힘을 키우는 영양덩어리라는 점이 더욱 그렇다.

    감자는 130여 개국에서 재배되며 많은 사람을 구제한 구황작물이었다. 난파선에 의해 바다에 떠다니는 알을 구워 먹었더니 배가 부르고 힘이 생기더란다. 야릇한 꽃향기에 이끌려 땅속을 파보니 빨간 씨앗이 자라고 있더란다. 매혹적인 빛깔에 이끌려 섭취하니 괴혈병까지 사라지는 놀라운 기적을 만났단다. 참으로 천운을 얻은 것이 아닌가. 밀, 쌀, 옥수수와 더불어 세계 4대

식량에 속하는 감자는 지구촌의 굶주림을 퇴치한 일등공신이었다.

감자는 탄수화물, 비타민 등 열에도 잘 파괴되지 않는 영양소를 가졌다. 그래서 구황작물로 큰 인기이다. 밀과 보리 육류가 주식이던 시절에 새로이 등장한 감자는 세계사를 움직인 원동력이었다. 먹고사는 문제가 수월해지니 집집이 아기 울음소리가 이어지고 인구도 급속히 증가했다. 경제활동이 왕성해짐은 당연한 일이었다.

무엇보다 감자의 가치를 제대로 안 이는 뱃사람이었다. 감자는 깜깜하고 서늘한 선창에 장기 보관이 가능하였다. 그러니 먼 바다 항해에서 일등식품이 되었다. 굽고 삶아 먹으며 반찬이 필요 없는 음식이다. 그러면서도 곡류에 들어 있는 탄수화물로 힘을 기를 수 있으니 뛰어난 양식이 아닌가. 뱃사람들에 의해 감자는 세계적으로 알려졌고 기근을 해결해준 먹을거리로 오늘날까지 남아 있다.

내 어릴 적에 감자는 어두컴컴한 광에 보관했다. 그곳에 들어서면 늘 무시무시했기에 자주 어른들을 대동했다. 손쉬운 곳에 두어 달라고 했지만 감자는 어두운 곳을 좋아한다고만 할 뿐 그 속성은 말해주지 않았다. 선원들의 경험이 우리에게 전해졌다는 것을 당시에 어찌 알겠는가.

아궁이에 감자를 구울 때는 피~익 방귀 소리로 다 익었음을 알린다. 이 소리를 기다리기까지 얼마나 지루하던지 그 방귀 소리는 배 속의 허기를 달래는 데 적잖이 위로가 되었다. 땀을 뻘뻘 흘려도 아궁이 지키는 덴 물러설 줄 몰랐다. 그렇게 구운 감자는 여름 내내 우리를 검정 손과 검정 얼굴로 만들었다. 그래도 긴긴해를 견디는 허기를 달래줬으니 지저분한 줄이나 알았겠는가.

이 방법도 뱃사람들이 아니었으면 우리에게 전해지지 않았을 게다. 긴 항해 길에서 구워 먹고 삶아 먹으니 배가 든든했으며 그 기쁨은 만방으로 퍼져나갔을 것이다. 쉽게 부패하는 빵이나 떡과 달리 높은 저장성 덕분에 선원들의 삶은 더욱 윤택해졌을 게다. 그들의 체력은 나날이 튼튼해져 생산성은 더 높아졌고 어부들의 활기는 바다 위를 수놓았지 싶다. 낚싯대와 그물망에는 푸른빛 은비늘의 고기가 떼춤을 추고 어선은 고기 떼의 무게를 안고 대항해의 꿈을 키워갔을 것이다.

그렇게 육지의 사람들도 기근에서 벗어나는 삶을 맞이하였다. 싱싱한 생선들이 밥상에 오르고 가족들의 얼굴에도 생기가 돌았다. 바다는 동경의 대상이 되고 선원들의 노동력에 감사하는 마음으로 넘쳤다. 검푸른 바다 위로는 어부의 노래가 울려 퍼지고 춤과 율동으로 솟아나는 신명은 멈출 줄을 몰랐다. 그렇게 감자는 왕의 식품으로 거듭났고 몸값이 치솟았다. 감사와 감사의 물결들로 넘쳤다.

감자의 덕은 이렇게나 컸다. 장소와 기후를 가리지 않고 잘 자라 뛰어난 저장성과 높은 영양가를 지닌 감자의 힘이었다. 해상과 지상에서 동서양을 막론하고 굶주림을 일거에 해결해준 정말 위대한 신의 선물이었다. 둥글둥글 모나지 않는 성질의 감자를 신은 우리에게 보내주었다. 환경 가리지 말고 잘 자라 인간세상을 지키라는 뜻으로 지상으로 보냈나 보다. 정말 아무리 강조해도 모자라지 않는 식량 혁명가였다.

이래서 대문호 괴테는 악마의 저주와 신의 축복이 있는데 전자는 담배이고 후자는 감자라 했던가. 심각한 식량난을 겪던 프랑스 루이 16세는 왕실 정원에 감자를 몸소 심고 근위병에게 지키도록까지 했다니, 감자가 끼친 영향은 실로 엄청나다 하겠다. 심지어 어느 나라 왕후는 재배를 장려하기 위해 무도회에 감자꽃을 머리에 꽂고 참석했다는 일화도 있다. 감자 심기 운동은 세계 곳곳에서 왕족과 귀족들이 앞장섰고 요리사들도 다양한 감자요리를 선보였다. 그러고 보면 오늘날 인류의 번창은 감자의 역할에 기준을 두어도 무리가 아니지 싶다.

감자는 아시아보다 유럽 쪽에 더 인기가 있었던 것 같다. 밀과 육류가 주식인 탓에 탄수화물과 비타민의 부족은 그들의 고민이었다. 어느 날 바다에 떠내려온 감자를 먹으니 힘이 생기고 질병이 사라지는 경험을 하면서 영양학의 연구대상에 오르게 되었다. 결국 감자에 필수 미네랄까지 3대 영양소가 완벽하게 들어 있다는 것을 알게 되자 더욱 은혜로운 식물로 여겨지게 되었다.

빈센트 반 고흐의 유화 '감자 먹는 사람들' 습작품이 인기를 끌게 된 것도 그만큼 감자의 위대함이 담겨 있어서이다. 감자가 있기 전에 슬펐던 역사를 뒤로하고 감자를 통해 누리는 기쁜 모습은 큰 의미를 주기 때문이다. 먹을거리가 넉넉지 않은 시대에 여러 사람이 둘러앉아 감자를 손에 쥔 모습은 따스함을 상징한다. 만약 그 그림이 경매시장에 나온다면 천억 원을 호가할 것으로 수집가는 보고 있을 정도다.

이 그림은 예술성과 완성도 면에서는 초기 습작 수준이라는 평가를 받고 있다. 그럼에도 불구하고 호평을 받는 것은 시대적 배경을 잘 그렸다는 점이다. 유럽에 감자의 열풍이 일던 시대에 이런 모습은 충분히 공감을 일으킬 만하다. 감자로 세력 판도가 바뀌고 세계사가 요동칠 만큼 그 중심에 있었으니 감자 먹는 분위기는 행복의 상징이 될 수밖에 없다. 여러 사람이 둘러앉은 광경은 고요한 평화로움이다. 배부른 평화만큼 고귀한 것이 어디 있을까. 식탁에 가득 놓인 감자가 그 모든 것을 말해 준다.

지금 보면 지극히도 평범한 그림이지만 당시는 더없이 풍요로운 식탁이다. 가난의 굴레를 해결하는 장면인데 그 이상 넉넉함이 어디 있으랴. 온화한 표정과 단란함이 세상 최고 부자 부럽지 않은 모습이다.(2018년 6월)

모동포도의 신화

콩알만 한 포도에 종이옷을 입혔다. 정체를 감추고 조용히 살라는 계시를 하듯 봉지로 감싸주었다. 눈부시던 초록빛은 온전히 자취를 감추어 버렸다. 어떤 삶을 꿈꾸는지 어떻게 살고 있는지 종이 옷만이 알고 있다. 더러 속살도 내비치기도 하겠지만 자세히는 알지 못한다. 어찌 보면 세상과 차단된 듯해 갑갑한 삶일 것 같은데 시간이 지나면 성숙한 자태로 태어난다. 참으로 대견스러운 모습이다.

다수의 생명체들은 적당한 햇살과 바람을 원하지만 포도는 직사광선을 요구하지 않는다. 흩어지는 흐린 하늘의 빛이나 불투명한 유리를 통과한 빛과 같이 방향이 일정하지 않고 그늘이 생기지 않는 산광散光을 요구한다. 그래서 완숙되기 전에 열과 현상 때문에 터지지 않도록 보호막 역할을 해주면 당도도 높아지고 더 살을 찌우게 된다. 종이봉지가 그런 일을 한다.

뿐만 아니라 농약 오염도 예방하고 장마기에 과도한 수분공급으로 포도가 터지는 현상도 막아준다. 땅벌들이 당분을 먹기 위해 쪼아대는 병충해 예방도 크게 한몫을 한다. 그런데 이 포도의 성질을 알아차린 사람은 식물학 전공학자도 아니요 전문 농업인도 아닌 평범한 귀농인 중 한 사람이었다. 그것도 일찍 객지로 떠나 대도시에서 오래 살았던 사람이었다. 어느 날 귀농을 하고 보니 기존 논농사로는 미래가 없다는 생각에 이르렀다. 결국 산간고랭지에 맞는 작물을 찾기 위해 전국 독농가와 학계 권위자들의 자문을 구했다. 포도나무가 이곳의 일대에 적합하다는 결론을 얻었고 전국 최초라는 포도봉지를 개발하는 데 성공하였다.

실은 포도봉지를 개발하기까지는 많은 시행착오를 겪어야했다. 껍질이 여려 긴 장마와 벌레 침입에 어느 과일보다 상처를 많이 입었다. 그래서 일본 포도를 도입하기도 했지만 부패하는 것은 마찬가지였고 풍토에 맞지 않는다는 결론을 얻었다.

귀농인의 연구는 끊임없이 이어졌다. 봉지를 씌우는 시기와 방법의 문제를 찾았다. 포도밭을 세분하여 가로세로 줄을 나누어 시기를 달리하여 씌우기도 하고 종류를 달리하여 콩기름을 코팅한 봉지로 구분하는 방법을 쓰기도 하였다. 이런저런 연구 끝에 봉지의 효과는 크게 나타났고 모동포도의 신화라는 이름까지 얻게 되었다.

상주시 백화산에 자리한 '모동'이라는 동네에서 몇십 명의 생활협동조합원들과 포도봉지를 씌우고 있다. 초여름으로 접어드는 날씨라 약간의 땀방울도 맺히지만 일하는 기분에 취하니 즐겁기만 하다. 사람의 생명에 기여하는 일인데 어찌 보람되지 않겠는가. 모두가 앞치마 주머니에 종이를 가득 꽂고 한 송이 한 송이 포장을 한다. 억센 빗줄기와 바람, 벌레들에게 잘 보호되라고 봉투 한 장 한 장 소중히 다루었다. 참으로 귀한 작물이 아닌가. 약품이라곤 모르고 잘 여물어내는 그 능력이 말이다. 포도는 어느새 하얀 종이로 덮이기 시작했다.

이 포도는 포도주, 포도즙 찌꺼기를 발효시킨 퇴비를 먹고 자란다. 순환의 원리를 그대로 받아들여 살아가는 과일이다. 그런 만큼 여느 곳에서 자라는 포도보다 느리게 성장한다. 시중 포도 전성기가 지나갈 즈음이면 하얀 분을 쓴 포도가 선을 보이게 된다. 농약으로 얼룩진 분에 비하면 모동포도의 선명함은 한층 눈에 띈다. 자연의 순리 따라 그 혜택을 받았다는 것을 똑똑히 보여주는 모습이다.

그래서 상주의 '모동포도'는 어느 것도 버리기 아깝다. 포도즙을 마실 때면 봉지 속에서 일구어내었을 삶의 이야기가 들린다. 도란도란 얘기 꽃을 피우는 소리가 있는가 하면 풍우를 견뎌내는 고통스러운 숨소리도 느껴진다. 천적의 울음소리를 만났을 땐 얼마나 떨었겠는가. 옷을 찢고 침입하지는 않을까. 까딱 초개로 전락하고 말 자신들의 운명에 전전했을 모습이 눈에 선하다.

그러나 포도는 믿었을 게다. 하얀 봉지는 절대 자신들을 지켜줄 것이라고 세상 지킴이로 철저한 보호자 역할을 해주리라 의

지했을 것이다. 하얀 옷을 입던 날 얼마나 아늑하고 따뜻했던가. 그 옷을 입혀주던 손길이 너무나 포근했던 기억을 잊을 수 없다. 모든 불편에서 해방되던 기분으로 불안에서 온전히 탈출할 수 있었으니까.

종이봉지는 포도를 잘 지켜내었다. 포도의 불모지였던 이곳에 40여 년의 신화를 남겼다. 이 나라 최초의 종이옷이 되어 전국 포도밭을 하얗게 물들였다. 그 깨끗한 빛 앞엔 천적들도 두려웠을까 얇은 종이에 불과하지만 쉽게 침범하지 않았다.

오늘도 '포도씨 식용유'로 생선을 구웠다. 그 향은 더욱 미각을 돋구어주었다. 그 맛 속에 땅과 사람을 살리기 위해 노심초사했을 귀농인의 아픔도 만난다. 건강을 되찾았을 사람들의 기쁨도 물론이다. 하얀 종이가 나부끼는 광경에 호기심을 놓지 못하던 방문객들의 관심은 얼마나 컸을까. 생명에 기여하는 포도봉지의 역할이 포도씨유를 나의 식탁으로 불러들인 것이다.

'포도씨 비누' 역시 마찬가지다. 씨부터 단단히 영글어야 포도의 운명을 결정짓는다는 것을 야무지게 일러주는 모습이다. 모든 생명은 튼튼한 씨앗에서 싹트는 것임을 세수를 하는 내내 느낀다. 그 역할이 얼마나 무겁고 큰 것인가. 큰 책임을 안고 살아낸 씨앗이 내 몸을 씻어주고 있다. 그 역할은 어느 것 하나 버릴 게 없다. 우리의 피와 살을 주고 청결까지 유지해주니 바로 씨앗의 위대함이다.

지구 최후의 날을 대비해 후손들이 살아남을 수 있도록 수 백 만 개의 씨앗을 저장하는 곳, '북극종자저장고'가 노르웨이령 스발바르제도 스피츠베르겐 섬에 2008년 2월 26일 완공됐다 는 기사를 읽은 적이 있다. 얼음이 녹아 해수면이 상승해도 물 에 잠기지 않는 곳에 지어졌다고 했다. 핵전쟁 등 대재앙에 전 기공급이 끊겨도 자연냉동이 된다니 놀랍지 않은가. 영하 15도 에도 얼지 않으며 완두콩은 20~30년, 밀과 보리는 천년이 지 나도 싹을 틔운다는 씨앗의 신비, 저장고에 저장된 씨앗은 그 렇게 미래 세대들을 책임진다. 우리나라도 예상치 못한 이변에 대비해 아시아 국가로는 최초로 보리 3천 점, 콩 2천 점, 벼 1천 점 등 1만 2천185점을 기탁했다니 안심이다.

　이곳 귀농인의 혼은 전국에 신화를 남겼다. 미래세대의 건강 을 위해 기꺼이 자신을 아끼지 않았던 우리의 자랑스러운 농부 이다. 그는 친자연인이자 우리들 생명의 보증인이다. 약품 포 도에 비해 절반의 수확에도 불구하고 소득에 연연하지 않았다. 농가 빚을 가득 지고도 무거워하지 않는 사람이다. 세상을 구 원한다는 수도자의 정신은 그를 더욱 분발하게 만들었다. 도시 인들에게 체험학습을 시키며 농군양성에 기여하기도 했다. 낙 후되어가는 농촌을 더 이상 방치해선 안 된다는 의지는 자신을 잠시도 쉬게 할 수 없었다.

　우리는 가을이 다가올 즈음이면 그의 포도를 기다린다. 통째 로 먹을 수 있는 과일을 쉽게 만날 수 없는 세상이기에 더욱 모

동포도가 그립다. 무엇보다 귀농인의 헌신적인 결실이 소중하
고 반가운 게다. 그의 농법은 교과서가 되고 있으니까.(2018년
6월)

추억의 밀사리

　내 얼굴은 온통 그을음이다. 조심조심 비벼 불어가며 먹었는데도 피할 수 없는 방법이다. 개구쟁이 시절이야 얼굴이 숯이되면 어떠랴. 그 모습이 배를 채우는 일이고 또한 놀이이기도한 것을. 하지만 그을음을 대한 지가 너무나 오래 되어서인지당황스러운 것은 사실이다. 추억은 더욱 되살아나 호기심은 잔뜩 커지기도 한다. 아주 온전한 재래적인 모습이다. 세상에 어디 개발되지 않고 옛것을 흔히 볼 수 있는 시대가 아니다. 밀사리가 바로 그렇다.

　도시 한복판에 생태공원이 생겨나면서 동, 식물을 자주 접하고 있다. 오늘의 밀사리도 역시 그렇다. 부산의 '화명생태공원'에서 꽤 넓은 밀밭을 만났다. 기억에도 가물거릴 만큼 오랜 세월을 지나왔건만 그 모습은 생생하다. 변하지 않았을까 하는마음으로 관찰을 하였다. 한참을 서서 지난날을 회상하며 알맹이를 까보기도 하였지만 그날의 밀이었다. 세월을 거스르는 게얼마나 많은데 어찌 이토록 알차게 자신을 지켜왔을까 대견스러운 마음은 커지기만 하였다.

결국 그 밀을 베어 모닥불에 밀사리를 하고 있다. 불 속에서 까맣게 몸을 태우는 자태에 지금도 들뜨는 호기심은 어쩔 수 없다. 불티가 그을음으로 내 얼굴을 뒤덮는 데도 불편치가 않다. 추억은 더욱 되살아나고 까맣게 그을린 밀을 손바닥으로 비비기 바쁘다. 파란 알맹이가 드러나면 호기심은 더욱 커진다. 원래 밀사리는 설익은 밀로 하기 때문에 푸른빛을 지닌다. 그래야 더 구수하고 졸깃한 맛이 난다.

모닥불은 추위를 녹이는 역할도 하지만 밀사리 할 때 그 가치가 더욱 빛난다. 누구는 나무 주워 오기, 누구는 밀 꺾어 오기, 사리하기 등 그 모두가 모닥불이 있어 가능하다. 강한 화력이 아니어도 밀사리만큼은 잘 해낸다. 노상이라 그을음은 많이 일으키지만 길손들이 쉽게 모일 수 있는 자리이기도 하다. 그래서 인정이 싹트고 숯이 된 손과 얼굴들은 코믹한 현장을 만들기도 한다.

사오십여 년 전의 일을 오늘에 경험할 줄을 언제 생각했으랴. 이제는 화장한 얼굴이 아닌가. 그것도 도시 한복판에서의 일이다. 누구든 생태적인 삶을 떠날 수 없다는 것을 느낀다. 앞을 가눌 수 없을 만큼 쏟아지는 비에도 이곳을 찾을 때는 그만큼 깊은 향수를 떨칠 수 없기 때문이다.

밀밭을 한참 걸었다. 파도처럼 출렁이던 푸른 들판이 제법 누런빛으로 변하고 있다. 이때가 밀사리가 제일 맛있을 때다. 그

래서 지난날은 이런 풍경을 만나길 참 많이도 고대했었다. 먹어
도 먹은 것 같지 않고 우리들의 배는 늘 허전하기만 했으니까.
하루하루가 빨리 지나기를 바랐고 더디 가는 시간이 원망스러
웠다. 세상에 배고픈 만큼 큰 설움이 있던가. 그래서 밀서리도
두렵지 않았던 게다.

밀은 여름내 우리의 간식과 주식이었다. 강낭콩 드문드문 놓
인 밀기울 빵은 간식이었고 감자 큼직하게 썰어 넣은 수제비는
주식이었다. 반죽해서 직접 만든 칼국수의 그 구수함은 우리의
밀이 아니고는 만날 수 없는 맛이었다. 무엇보다 농사일 마친
늦은 저녁은 밤하늘의 은혜를 듬뿍 받는 시간이었다. 별빛 달
빛 세례를 받으며 멍석에 둘러앉아 먹던 그 맛은 지금까지의 어
떤 음식도 대신할 수 없는 맛이었다.

밀사리가 놀이와 함께하는 맛이었다면 저녁은 운치가 있는
맛이었다. 하루의 고단함을 수제비로 풀어가며 내일의 에너지
를 충전하는 때이기도 했다. 풀벌레 등 자연이 베푸는 하모니
는 우리의 정서를 다독여 주었다. 과한 노동에서 오는 가족 간
의 불협화음도 우리밀 칼국수 한 그릇으로 해소되기도 했다.
무엇보다 하루 내 허기진 배를 해결하는 그 기쁨이 더욱 컸던
것 같다.

오늘의 밀사리는 부모와 자식이 함께했다. 어른에게는 추억이
되고 아이에게는 체험의 기회이다. 모두들 얼굴은 검정그림으
로 그려졌지만 동화된 기분은 사그라질 줄 모른다. 지금의 아

이라고 다를 리 있겠는가. 호기심이 커가고 추억을 만드는 일은 다 같은 마음이다. 훗날 어른이 되었을 때 오늘의 시간들이 추억의 밀사리로 남을 것이 아닌가. 이렇게 밀은 놀이와 양식까지 어느 것 하나 버릴 것 없이 우리 곁을 지켜왔다.

이곳 아이들의 장난기도 나 어릴 때와 별반 다르지 않다. 밀사리로 묻은 검정 손으로 상대의 얼굴을 문지르고 달아나고 온 주변이 소란이다. 개그현장을 보는 듯 심지어는 사람들이 모여들기까지 했다. 내 어릴 적이야 흔한 일이었지만 지금은 귀한 체험이 아닌가. 책을 통해서나 만날까 현장은 거의 사라진 셈이다. 이러니 아이들의 숫검뎅이 얼굴 만들기 장난은 넘치고도 남을 일이다.

유달리 장난기가 심했던 지난날 남자 친구 현수 녀석은 지금 어디서 살고 있을까. 약한 여자들만 골라 해댄 환칠은 장난을 넘어 고문으로까지 여겨졌다. 목 팔 다리까지 검둥으로 만드는 데는 1분도 걸리지 않았다. 심지어는 잿가루를 덮어씌우기까지 하며 호흡곤란까지 일으켰다. 녀석의 거친 장난기가 오늘 이 자리에 서고 보니 고스란히 되살아난다. 혹여 저 아이들 속에 녀석의 손주가 끼어 있지는 않았을까. 유달리 장난이 심한 아이를 보니 그런 마음이 든다.

빌딩 숲에서 가공된 장난감으로 길들여진 오늘의 아이들에게 우리밀로 즐기는 놀이는 참으로 값지다. 어쩜 돈으로 살 수 없는 놀이공간이기도 하다. 도시 한복판의 녹지공간을 잘 활용하는 주최 측의 노고에 감사를 전한다. 주어진 여건을 어떻게 사용하느냐에 따라 그 효과는 배가 되는 법이다. 다양한 생태공원을 둘러보았지만 농촌 모습을 그대로 옮겨놓은 곳은 보지를 못하였다. 잃어가는 정서를 되살리자는 취지가 고스란히 스며 있음을 느낄 수 있다.

추억과 체험이 있는 오늘의 밀밭 전경은 삭막한 도시의 인심을 회복시키는 청량제 역할을 톡톡히 한다. 언제 쉽게 만나질지 기약도 없다. 농촌 인구는 점점 사라져가고 도시의 인구마저 줄어드는 형편이다. 지금의 세대는 영원히 추억으로만 남을 것이며 앞으로 태어나는 세대는 구경도 할 수 없을지 모른다. 그래서 더욱 소중한 자리로 남는다. 깜둥이 아이들의 얼굴에서 내 유년을 읽고 고향을 만나고 자연의 소중함을 일깨우고 있으니 말이다. 밀을 태운 연기는 밀밭으로 머리를 풀어 헤쳐가며 날고 있다.(2019년 5월)

김소희

1991년 문예사조 수필로 등단했다. 농촌문학상, 백교문학상, 글벗문학상을 수상했다. 대표 저서로『봉하네 텃밭』이 있다. 부산문인협회 회원이다.

kimsohe33@hanmail.net

:: 산지니 · 해피북미디어가 펴낸 큰글씨책 ::

문학

보약과 상약 김소희 지음

우리들은 없어지지 않았어 이병철 산문집

닥터 아나키스트 정영인 지음

팔팔 끓고 나서 4분간 정우련 소설집

실금 하나 정정화 소설집

시로부터 최영철 산문집

베를린 육아 1년 남정미 지음

유방암이지만 비키니는 입고 싶어 미스킴라일락 지음

내가 선택한 일터, 싱가포르에서 임효진 지음

내일을 생각하는 오늘의 식탁 전혜연 지음

이렇게 웃고 살아도 되나 조혜원 지음

랑(전2권) 김문주 장편소설

데린쿠유(전2권) 안지숙 장편소설

볼리비아 우표(전2권) 강이라 소설집

마니석, 고요한 울림(전2권)
페마체덴 지음 | 김미헌 옮김

방마다 문이 열리고 최시은 소설집

해상화열전(전6권) 한방경 지음 | 김영옥 옮김

유산(전2권) 박정선 장편소설

신불산(전2권) 안재성 지음

나의 아버지 박판수(전2권) 안재성 지음

나는 장성택입니다(전2권) 정광모 소설집

우리들, 킴(전2권) 황은덕 소설집

거기서, 도란도란(전2권) 이상섭 팩션집

폭식광대 권리 소설집

생각하는 사람들(전2권) 정영선 장편소설

삼겹살(전2권) 정형남 장편소설

1980(전2권) 노재열 장편소설

물의 시간(전2권) 정영선 장편소설

나는 나(전2권) 가네코 후미코 옥중수기

토스쿠(전2권) 정광모 장편소설

가을의 유머 박정선 장편소설

붉은 등, 닫힌 문, 출구 없음(전2권) 김비 장편소설

편지 정태규 창작집

진경산수 정형남 소설집

노루똥 정형남 소설집

유마도(전2권) 강남주 장편소설

레드 아일랜드(전2권) 김유철 장편소설

화염의 탑(전2권) 후루카와 가오루 지음 | 조정민 옮김

감꽃 떨어질 때(전2권) 정형남 장편소설

칼춤(전2권) 김춘복 장편소설

목화-소설 문익점(전2권) 표성흠 장편소설

번개와 천둥(전2권) 이규정 장편소설

밤의 눈(전2권) 조갑상 장편소설

사할린(전5권) 이규정 현장취재 장편소설

테하차피의 달 조갑상 소설집

무위능력 김종목 시조집

금정산을 보냈다 최영철 시집

인문

엔딩 노트 이기숙 지음

시칠리아 풍경 아서 스탠리 리그스 지음 | 김희정 옮김

고종, 근대 지식을 읽다 윤지양 지음

골목상인 분투기 이정식 지음

다시 시월 1979 10 · 16부마항쟁연구소 엮음

중국 내셔널리즘 오노데라 시로 지음 | 김하림 옮김

파리의 독립운동가 서영해 정상천 지음

삼국유사, 바다를 만나다 정천구 지음

대한민국 명찰답사 33 한정갑 지음

효 사상과 불교 도웅스님 지음

지역에서 행복하게 출판하기 강수걸 외 지음

재미있는 사찰이야기 한정갑 지음

귀농, 참 좋다 장병윤 지음

당당한 안녕-죽음을 배우다 이기숙 지음

모녀5세대 이기숙 지음

한 권으로 읽는 중국문화
공봉진 · 이강인 · 조윤경 지음

차의 책 The Book of Tea
오카쿠라 텐신 지음 | 정천구 옮김

불교(佛敎)와 마음 황정원 지음

논어, 그 일상의 정치(전5권) 정천구 지음

중용, 어울림의 길(전3권) 정천구 지음

맹자, 시대를 찌르다(전5권) 정천구 지음

한비자, 난세의 통치학(전5권) 정천구 지음

대학, 정치를 배우다(전4권) 정천구 지음